La novia de Matisse

ALFAGUARA

Manuel Vicent

La novia de Matisse

ALFAGUARA

© 2000, Manuel Vicent
© De esta edición:
2000, Grupo Santillana de Ediciones, S. A.
Torrelaguna, 60. 28043 Madrid
Teléfono 91 744 90 60
Telefax 91 744 92 24
www.alfaguara.com

• Aguilar, Altea, Taurus, Alfaguara S. A.
Beazley 3860. 1437 Buenos Aires. Argentina
• Aguilar, Altea, Taurus, Alfaguara S. A. de C. V.
Avda. Universidad, 767, Col. del Valle,
México, D.F. C. P. 03100. México
• Distribuidora y Editora Aguilar, Altea,
Taurus, Alfaguara, S. A.
Calle 80 nº 10-23
Santafé de Bogotá. Colombia

ISBN: 84-204-4212-7
Depósito legal: M. 1.489-2001
Impreso en España - Printed in Spain

Diseño:
Proyecto de Enric Satué

© Cubierta:
Agustín Escudero

PRIMERA EDICIÓN: OCTUBRE 2000
SEGUNDA EDICIÓN: NOVIEMBRE 2000
TERCERA EDICIÓN: ENERO 2001

1.

El marchante internacional Míchel Vedrano recordaba muy bien la proposición que le hizo su cliente Luis Bastos aquella noche: «Quiero que te acuestes con Julia. Le quedan sólo tres meses de vida. ¿Puedes hacerme ese favor?». Luis Bastos le expresó este deseo durante una fiesta en su casa de las afueras de Madrid, mientras le mostraba una de las habitaciones para invitados, que tenía un espejo en el techo sobre una cama adquirida en una subasta de muebles antiguos por la que pagó un sobreprecio, porque al parecer en ella se había acostado Isabel II con un amante alabardero y puede que allí hubiera engendrado a una de las infantas, aunque esto no se especificaba con claridad en el catálogo. No es que su mujer estuviera agonizando en ese lecho real. Julia era una chica llena de vitalidad que en ese momento movía por el salón su cuerpo aparentemente espléndido, en el que los médicos habían detectado una leucemia aguda según le acababa de confesar el marido. Al oír semejante proposición, Míchel se quedó impasible sonriendo con un whisky en la mano.

—¿Te vendo un cuadro y encima quieres que me acueste con tu mujer? —se extrañó.

—Eso es lo que quiero —le dijo su cliente Luis Bastos.

—No sé..., no sé si debo hacer tanto por el arte.

Luis no bromeaba. Puede que fuera un cínico, pero acababa de comprarle al marchante un Picasso por doscientos cincuenta millones y lo había colgado en el vestidor del dormitorio principal. Quien se permita el lujo de contemplar un Picasso mientras se pone los calcetines cada mañana está autorizado a este tipo de alardes modernos, y uno quedaría en ridículo si no se mostrara a la altura de semejante abyección. Al marchante no le molestó que su cliente tratara de usarlo como un penetrador de oficio. Siguió con la misma sonrisa cínica y ni siquiera hizo tintinear el hielo del whisky en el vaso, pero le dijo que lo pensaría.

Luis Bastos había organizado aquella fiesta en honor del retrato de una mujer desconocida de Picasso, expuesto en ese lugar de la casa adonde ahora acudían en peregrinación desde el salón con una copa en la mano los invitados, entre los que había financieros, un par de artistas famosos, un crítico, varios políticos y algunos amigos de cacerías con sus esposas o amantes. Todos se veían obligados a hacer algún comentario más o menos banal ante aquella obra de arte. Una chica bronceada por los rayos uva, en apariencia muy frívola, fue la única que advirtió que la mujer del retrato tenía una leve herida en la mejilla. Como la luz del vestidor no era buena, se entabló allí mismo una pequeña discusión entre el crítico de arte y uno de los financieros sobre este punto, ya que el empaste de la pincelada hacía difícil distinguir si esta lesión estaba ya en el rostro de la modelo o se debía a un desperfecto que había sufrido el lienzo. Sólo el marchante sabía la clave de aquel enigma, pero optó por guardar silencio y se dedicó a observar a Julia, que en ese momento ayudaba a las dos criadas marroquíes a pasear las bandejas de canapés y licores en medio de todas las risas felices, entre las cuales sobresalían las carcajadas que daba el dueño de la casa, pese a que su mujer tenía los días contados.

Míchel Vedrano sólo estaba obsesionado por vender cuadros, una pasión que en él excluía todas las demás. Nunca había tenido un interés especial por el sexo, aparte de que un divorcio tormentoso le había dejado muy desactivado. No había participado en los cambios de parejas ni en las comunas en que la marihuana allanaba todos los caminos hacia los cuerpos hacinados en las esteras de esparto en Ibiza o en las fascinantes carboneras de Nueva York, pero ahora le parecía excitante que un marido de la nueva aristocracia empresarial le pidiera por favor que se acostara con su mujer como el último regalo que pensaba ofrecerle en este mundo. Eso podía llenar de orgullo a cualquier hombre con cincuenta y siete años cumplidos.

En aquella fiesta de La Moraleja se hablaba más que nada de pintura. Mejor dicho, se hablaba de la enorme cantidad de dinero que se estaba moviendo en el mundo del arte, un fenómeno presente todos los días en las páginas de cultura de los periódicos. Sentado ahora en un sillón indochino en aquella galería acristalada donde Julia cultivaba un jardín interior, el marchante internacional contaba que ciertos cuadros de pintores famosos llevan dentro un maleficio. Algunos financieros y políticos arrellanados en los tresillos entre carnosas plantas tropicales se mostraban muy interesados en este asunto.

—¿Quieres decir que algunos cuadros traen mala suerte? —preguntó alguien.

—Está demostrado. A mí me ha pasado —contestó el marchante Vedrano.

—¿Incluso pueden acarrear la muerte al comprador?

—Creo que algunos cuadros traen un maleficio más refinado —terció el crítico de

Era evidente que en cualquier caso Míchel Vedrano tendría que acostarse con una analfabeta en materia de arte. Abundaba gente como esta pareja entre los nuevos coleccionistas. A las galerías y subastas acababan de acceder los nuevos ricos, especuladores de Bolsa, contrabandistas de armas, constructores y narcotraficantes que llevaban el dinero en cajas de zapatos y pagaban un cuadro con billetes sudados sin preguntar el precio ni el nombre del artista. La fortuna de Luis Bastos se debía a varios negocios, entre ellos a una fábrica de envases para laboratorios heredada de su padre, a una inmobiliaria y a una empresa que exportaba tripas de marrajo a Japón y vísceras de res a Suecia, además de una finca de caza que alquilaba a magnates financieros para que llenaran de plomo la barriga de los venados casi alimentados con piensos compuestos por los servidores del coto. En cambio, Julia no tenía más riqueza que su extraordinaria belleza, como solía suceder siempre en los viejos melodramas, y aunque el perfil de su rostro era sumamente delicado, sus manos demasiado redondas y sus rodillas poco moduladas hacían patente una condición popular. De su padre, que había sido brigada, maestro armero o algo parecido en el Ejército, había heredado el carácter franco y espontáneo, pero de su madre, una simple ama de casa, había recibido la enseñanza básica para retener al hombre bien trincado por el sexo y en su defecto por el estómago, o mejor por esos dos mangos a la vez.

Durante esa fiesta, mientras el crítico de arte exaltaba la sutileza de la tonalidad malva del cuadro de Picasso con una pasión que subyugaba a algunos invitados, Julia le contaba a la mujer de un famoso financiero la forma de preparar los chipirones cuya gracia había ponderado en ella su marido.

—En una sartén mediana se ponen a calentar cinco cucharadas soperas de aceite y cuando está caliente se añade la cebolla picada y se refríe hasta que esté doradita.

—Picasso en sus retratos nunca tuvo piedad con las mujeres. Se complacía en torturarles el rostro. En cambio en ese cuadro... —explicaba el crítico con palabras acaloradas que de un extremo a otro del corro se cruzaban con la receta de Julia.

—Después se agrega el tomate pelado, cortado, y una vez frito se pone harina y agua.

—Para Picasso el rostro tiene un sentido figurado. La primera obligación de una modelo consiste en parecerse al retrato...

—Antes de que empiece a hervir la salsa se añaden los chipirones enteros o cortados en trocitos...

—Picasso quiere conquistar el rostro humano sin someterse a sus exigencias. Sus retratos brotan con el mismo desorden de la naturaleza...

—Y todo esto se hace sin sal... —dijo Julia.

La fiesta fluía en aquella casa de La Moraleja, en las afueras de Madrid, con la alta frivolidad del dinero que incluía comentarios superficiales sobre la filosofía del arte, recetas de cocina y algunas intimidades cenagosas entre mujeres. Betina, la chica pasada por los rayos uva que había descubierto la herida en el rostro de la mujer del cuadro, le contaba a una amiga con la copa en la mano:

—Ese problema hace tiempo que lo tengo resuelto. Cuando me siento deprimida tomo el avión, me voy a Nueva York, llego a las cuatro de la tarde de allí y desde el mismo aeropuerto llamo a Nelson, un negro amigo mío de dos metros, le digo que se vaya poniendo a punto, me presento en su apartamento con las bragas en la mano, me folla durante veinticuatro horas seguidas y una vez que me siento bien machacada, en el avión del día siguiente me vuelvo a Madrid y aún me da tiempo de llegar al despacho del banco a las nueve de la mañana. Sólo pierdo un día.

—Aquí también hay negros que te pueden hacer ese trabajo —le dijo su amiga.

—No es lo mismo. Además es que estoy enamorada de ese Mickey Mouse.

Betina acababa de regresar de su último viaje terapéutico a Nueva York y, si se hubiera levantado la falda de Versace, la amiga aún podría haber visto los vestigios de unas mordeduras casi sangrantes en la parte interior de sus muslos. Sin duda, por allí había pasado un felino muy experto en amores modernos, y para la chica estas marcas eran un motivo de orgullo, pero le contaba a su amiga que al llegar al aeropuerto de Barajas había pasado por una experiencia humillante.

—En la aduana me han abierto el bolso de viaje donde llevaba mis cosas de aseo y envuelto en la ropa sucia traía un vibrador del mismo color y tamaño del pene de mi chico. Lo acababa de comprar en la Pink Pussy Cat del Village, una sex-shop que tiene hasta sierras mecánicas para masoquistas. El guardia civil fue palpando por dentro del bolso entre los sostenes y las bragas y de repente la pila del vibrador se disparó, el hijoputa metió la nariz y al encontrarse con el aparato me dijo, haciéndose el gracioso: «Señorita, es usted aún muy joven y bonita para usar estas cosas». Le solté: «Y usted es un gilipollas».

—Muy bien dicho. ¿Y él qué contestó?

—Me soltó: «Si algún día tiene una necesidad me llama y yo la arreglo».

—Qué machista, el hijo de puta —exclamó la amiga.

—Le he puesto una denuncia en el juzgado de guardia. Lo mismo me he buscado un lío —dijo Betina.

En el tresillo de mimbre indochino aún seguía la discusión sobre la herida que ostentaba en la mejilla la mujer desconocida del cuadro de Picasso. Entre el crítico de arte, el marchante y los dos pintores se había establecido una cuestión filosófica.

—Las erosiones en la piel que esa modelo sufrió en su vida real, sin duda, le dieron todo su carácter que después el artista plasmó en el lienzo, ¿no es cierto? El paso del tiempo le fue modulando la expresión del rostro, y las pasiones que pudo haber vivido esa mujer desconocida estarían grabadas en cada pliegue de sus ojos o de su boca —dijo el crítico de arte.

—Muy bien. Y qué —replicó el marchante.

—Es el caso de Dorian Gray. ¿Esa marca que la modelo tiene en la mejilla pertenece a la vida que vivió ella o a la vida que ha llevado el lienzo? —se preguntó el crítico.

—Se trata de saber precisamente eso —respondió uno de los artistas.

—Quiero decir que los cuadros también tienen historia. Algunos envejecen muy mal, como sucede con las personas —siguió el crítico—. El tiempo se posa en la pintura. La historia que viva una obra de arte, las manos por las que haya pasado, la codicia que haya despertado, la emoción estética o los deseos de belleza que haya generado en sus sucesivos propietarios son tan importantes para su carácter como las pasiones o desgracias que nos conforman. Hay cuadros que traen maleficios, ¿no es así?

—Así es. Lo acabo de explicar —asintió el marchante.

—¿Dónde se esconde esa carga negativa, en la modelo, en la obra, en el artista o en el comprador?

—No lo puede saber nadie. De lo contrario el arte perdería toda su magia.

El marchante Míchel Vedrano nunca podría olvidar la aventura que había corrido ese cuadro de Picasso desde aquel día en que lo vio expuesto en el escaparate de una galería de la avenida Madison de Nueva York. Era una mañana de primavera y él se sentía tan feliz que no pudo resistir la tentación de comprarlo llevado por una pulsión erótica que ya había experimentado otras veces. La atracción que una obra de arte produce en ciertos coleccionistas y especuladores es a veces tan fuerte e irracional que nada pueden hacer para controlarla. En ocasiones, el afán de poseer un cuadro hace que el comprador comience a expeler ciertas secreciones, y un vendedor con buen olfato las detecta igual que los animales saben por el olor cuándo su pareja está en celo. Por ejemplo, Míchel Vedrano, ante una pieza de arte en la que viera una posible ganancia, no podía evitar el sudor. Era una reacción puramente química. Esta vez, delante de aquel cuadro de Picasso, el marchante comenzó a sudar abundantemente por todos los poros de la frente y, aunque permanecía estático frente al caballete, parecía que por dentro de sí mismo estaba escalando una cima muy abrupta, e incluso en esta ocasión la nariz también le goteaba. La encargada de la galería conocía muy bien la secreción característica de este comprador y por eso supo que ya lo tenía en sus manos, aunque en principio dejó que se relajara y ya sentados en el despacho le ofreció una pequeña bandeja con bombones.

—Esta cabeza de Picasso perteneció a la colección de Rothschild —le dijo.

—¿De veras? ¿Y por qué se desharía de esta pieza siendo tan rico? —murmuró Míchel Vedrano.

—Usted es un profesional. Sabe muy bien que los coleccionistas se enamoran y se desenamoran. En el mercado del arte se establecen relaciones extrañas de pareja. ¿Qué le voy a contar?

—¿Se sabe algo de esta mujer?

—En la catalogación de Zervos se especifica que es el retrato de una desconocida, pero parece ser que fue alguna de las amantes esporádicas que pasó por el estudio del pintor. Se suicidó en el hotel Negresco de Niza. Por lo visto se cortó las venas en una bañera llena de champán rosa. Son historias que se cuentan. Aunque no sean ciertas dan mucho volumen a un cuadro.

El acto de poseer una obra de arte participa de esa misma pulsión erótica que te arroja en brazos de una mujer fatal o de un chulo muy morboso. Es un fervor incontrolado e irremediable, pero una vez satisfecho este primer impulso irracional el coleccionista se suele enfriar con rapidez. Es lo más parecido a un orgasmo masculino. Por eso un fino vendedor de arte nunca permite que un coleccionista convulso se lleve el cuadro a casa para ver cómo queda colgado en la pared del salón. Si este comprador no lo ha pagado, probablemente la galería recibirá poco después una orden para que pasen a recoger la obra cuya corta posesión no ha hecho otro servicio que calmar una libido momentánea. Míchel Vedrano sabía muy bien estas cosas porque él era a la vez comprador y vendedor y sentía ambas pasiones desdobladas bajo una misma descarga.

—¿No tiene nada más que decirme de esta señorita? —preguntó.

—Quiere saber cómo se llama, ¿no es cierto?

—Eso es.

—Se llama un millón de dólares. Ése es su verdadero nombre —dijo la galerista.

—Estoy sudando.

—Ya veo.

—Deme un vaso de agua, por favor —pidió el marchante.

—Un simple vaso de agua fría no cambiará la realidad de las cosas, mister Vedrano. Un millón de dólares es el precio que pide esta linda suicida por ser poseída. Lo está pidiendo ella, no la galería, que quede claro, ¿comprende? Nosotros no podemos hacer nada. Hágale usted el favor a esta dama —dijo la galerista con frialdad.

Después de secarse repetidas veces el sudor, Míchel Vedrano compró el retrato de esa mujer desconocida por un precio todavía asequible y regresó feliz con el Picasso al hotel Plaza. Esa esquina del Central Park, sin duda la más lujosa de Nueva York, huele intensamente a boñiga de los caballos que esperan a los turistas en la posta de las calesas, y ese olor tan sofisticado el marchante lo llevaba asociado a algunos negocios de arte que había realizado durante años. Muchos cuadros de pintores importantes habían sido perfumados previamente por ese aroma de estiércol de caballo antes de alcanzar su último destino. Siempre le había dado buena suerte.

Esta vez también dejó el Picasso abandonado sobre una butaca de la habitación y salió del hotel hacia la tienda de alfombras persas. El dependiente que le atendió ya sabía que este cliente era un poco raro: más que en la calidad de la alfombra solía fijarse en la consistencia del tubo de cartón que la envolvía. En otra ocasión había tenido el mismo problema.

Míchel Vedrano exigió dos tubos con una pequeña diferencia de calibre, de modo que encajaran uno dentro del otro con una presión muy medida para crear entre ellos un doble fondo invisible. Con eso el marchante preparó el engaño para la aduana. Desclavó la tela del Picasso de su bastidor, la enrolló entre los dos tubos, los lacró por los extremos e importó la alfombra persa metida en lo que parecía a simple vista un solo cartonaje.

Míchel Vedrano se permitió el lujo de dejar en la aduana de Barajas durante una semana el paquete confiando en que esta vez tampoco descubrirían el contrabando, como así sucedió. No trataba de desafiarse a sí mismo ni de correr ningún riesgo, pero sabía por experiencia que los aduaneros valoraban este aparente abandono como una prueba de confianza, de modo que esta relativa calma que se tomaba neutralizaba su curiosidad. Pasados unos días, el marchante mandó a un empleado a Barajas para recoger la alfombra persa importada legalmente. Cuando el rollo llegó al estudio Míchel Vedrano sacó la alfombra, la extendió en la moqueta, dejó el tubo apoyado en la pared cerca de la papelera y esa misma tarde salió de viaje para pasar el fin de semana en la Costa Brava con su nuevo cliente el empresario Luis Bastos, uno de esos tipos capaces de hacer mil kilómetros sólo por degustar un plato recién creado por un cocinero de fama.

En este caso, su objetivo había consistido en probar unos salmonetes del Ampurdán que preparaban en el restaurante El Bulli con una salsa de verduras cuya combinación de colores estaba inspirada en una cerámica de Gaudí. Frente al mar en la cala Montjoi del cabo de Rosas, en la mesa, entre Míchel, Luis Bastos y su mujer, había también una escalibada de berenjena con muslitos confitados de codorniz.

Mirando el azul de la bahía a través de la copa de agua mineral, Julia trataba de olvidarse de la resaca que le golpeaba las sienes con unos latidos y que ella confundía con los embates que el oleaje daba en las rocas, pero aun así estaba muy atractiva con las ojeras cargadas por el placer de la noche anterior. En la suite real del hotel Ritz de Barcelona, ella había complacido una vez más a su marido poniéndolo a cuatro patas, cabalgándolo desnudo para llevarlo a abrevar en el bidé lleno de champán, y perdidos de nuevo entre varias botellas vacías a los dos se les había hecho la oscuridad en el cerebro, y al entrar el sol por la ventana había iluminado lo que parecía ser un campo de batalla en el que todos habían sido derrotados, con lámparas derribadas, sillas patas arriba, Luis tirado a los pies del sofá y Julia cruzada boca abajo en la cama casi con la cabeza en la alfombra, pero la luz del día también había añadido un extraño elemento a ese caos: una joven desconocida y extremadamente bella había aparecido desnuda y dormida dentro de la bañera con una copa vacía en la mano, y ellos no sabían quién era aquella mujer ni por qué se había presentado de noche en la suite del hotel.

Durante el almuerzo en El Bulli, en medio de sonidos de mar, Luis Bastos le contó a Míchel Vedrano que no recordaban haberla llamado. Suponían que sería una simple prostituta porque habían tenido que pagarle cincuenta mil pesetas que ella les exigió, sin que la pareja supiera qué clase de servicios había desempeñado aquella desconocida en medio de la inmensa borrachera que agarraron y que les había dejado sin memoria. No le dieron importancia. Ya se sentían limpios otra vez, puesto que esa misma mañana, recién salidos de la bacanal nocturna, habían quedado con Míchel Vedrano en la puerta de la Fundación Miró para purificarse, y ante un cuadro de constelaciones el marchante había tratado de explicar a la pareja por qué Miró había alcanzado la cumbre de la belleza al unir los signos con el ritmo del álgebra. Aquello que parecían estrellas no eran sino sexos femeninos.

—¿Y por qué es caro un cuadro de Miró si no son más que garabatos? —preguntó Julia.

—No hables, cariño, que tú no sabes de estas cosas —le cortó el marido con un cariñoso pellizco en el trasero.

—Los cuadros de Miró son tan caros porque sólo los pueden comprar los muy ricos —dijo Míchel Vedrano.

—¿Has visto, Luis, qué fácil? Ahora lo he entendido —exclamó Julia.

Cuando ya estaban degustando los muslitos de codorniz frente a la cala, Míchel Vedrano propuso al empresario Luis Bastos que le comprara un Picasso, una cabeza cubista de mujer desconocida, de 50x40, que había pertenecido a la colección Rothschild, catalogado en el Zervos con todos los sacramentos. Durante el segundo plato se habló de las excelencias de este cuadro y del fabuloso vino que bebían, un Vega Sicilia del 76, y de los trescientos millones que costaba esa mujer del óleo.

—Es bastante más de lo que nos ha pedido esa otra que ha aparecido esta mañana en la bañera del hotel —bromeó el empresario Luis Bastos.

—¿Sabes una cosa? La mujer que se representa en el cuadro fue una amante de Picasso. Se suicidó cortándose las venas en una ba-

ñera llena de champán rosa en el hotel Negresco de Niza —comentó Míchel Vedrano.

—Eso es nivel —respondió el empresario.

—Yo también quiero ser como ella, Luis.
¿Me dejarás un día hacer lo mismo? —preguntó Julia.

—Claro que sí, preciosa.

El maître les propuso de postre un flan
con sabor a humo, la última conquista en la
investigación de nuevas percepciones gustati-
vas que se había realizado en El Bulli. Al parecer, lo más refinado era unir el paladar con la
memoria. En este caso, el cliente tendría la sensación de que acababa de entrar en una vieja
estación llena de locomotoras de vapor y que
percibía en el fondo del cerebro un sabor a humo y carbonilla de posguerra, con toda la nostalgia del pasado. Los jóvenes que no habían
conocido aquella época tendrían que imaginar-
lo a través de la pura sugestión cinematográ-
fica. Sintetizar todo eso en una cucharada de
flan era también una obra de arte. Cualquier
olor detestable podía convertirse en un aroma
exquisito si había un genio que lo manipulara.
En ese momento, Míchel Vedrano recordó el
olor a boñiga que se halla siempre establecido en
la esquina del hotel Plaza con la Quinta Avenida de Nueva York. ¿Por qué ninguna multi-

nacional de la cosmética había creado todavía con ese estiércol tan peculiar un perfume lleno de seducción que a muchos les recordaría la fascinación de esa esquina del Central Park y el esplendor de algunos grandes negocios y de algunas divas del cine?

Había sido un fin de semana muy agradable. La compraventa del Picasso había quedado más o menos apalabrada, si bien aún estaba pendiente fijar el último precio después de la primera rebaja, pero el lunes les esperaba una sorpresa muy desagradable a estos felices comensales. Ese día Julia tenía una cita para someterse a una revisión médica porque de un tiempo a esta parte sentía un inmenso cansancio y además las encías le habían comenzado a sangrar. En la primera visita, el médico le había mandado que se hiciera unos análisis, pero después de una somera lectura, el ceño un poco sombrío con que el doctor le ordenó una segunda prueba más exhaustiva la había puesto en guardia.

Por su parte, Míchel Vedrano llegó a su despacho de Madrid y se encontró con que el tubo con doble fondo que contenía el lienzo de Picasso había desaparecido. Preguntó a su secretaria, pero ella acababa de regresar también de fin de semana y no sabía nada. La única persona que sin ser un ladrón pudo haber entrado en la oficina era la mujer de la limpieza, y ésta fue requerida con la máxima urgencia e interrogada de forma angustiosa acerca del tubo que había en el despacho. Sin darle demasiada importancia, la señora contestó que había recogido ese tubo junto con los demás cartones, cajas y restos de la papelera y los había echado a la basura.

—¿A la basura, ha dicho usted? —gritó Míchel dando un gran puñetazo en la mesa.

—Lo metí todo en la bolsa de plástico.

—¿Cuándo fue eso?

—Deje que recuerde —dijo la mujer.

—Haga memoria. Es muy importante —le suplicó el marchante, que estaba a punto de agarrarla por el cuello.

—El sábado por la mañana pasé la aspiradora, vacié los ceniceros, limpié la mesa y metí el tubo en la bolsa de la basura y la dejé en el contenedor de la acera. Se lo llevaría por la noche el camión.

—Antes suelen pasar también los cartoneros que sólo recogen papeles y embalajes —dijo la secretaria.

—¿Era algo importante, señor? El tubo estaba junto a la papelera. Creí que ya no servía para nada. Perdone si he metido la pata. Si vale algo ese tubo yo se lo pago —dijo la mujer muy compungida.

Míchel Vedrano trató de mantenerse sereno pese a que por dentro estaba a punto de estallar. Se encerró a solas en el despacho, se concentró mentalmente y estuvo meditando un buen rato. Entonces sonó el teléfono. Le llamaba Luis Bastos para decirle que el especialista había mandado a Julia repetir los análisis y, aunque se sentía preocupado, había decidido comprar el Picasso por doscientos cincuenta millones, según lo apalabrado. En cuanto le entregara el cuadro daría una gran fiesta en su casa de La Moraleja para presentarlo en sociedad, a ver si así espantaba los malos agüeros.

Míchel se dio un toque de cocaína en la nariz y en seguida comenzó a actuar. Tenía un amigo en el Ayuntamiento. Éste le comunicó al instante con el concejal de la limpieza, quien con toda amabilidad le puso con un funcionario y éste, con buena disposición, examinó un plano de Madrid y el organigrama de trabajo de su negociado; después de consultar un fichero le notificó a Míchel Vedrano que el camión de la basura que había pasado por su calle el domingo de madrugada era el número 84, conducido por Serafín Poyatos.

Dos horas después Míchel Vedrano tenía a este hombre sentado frente a una cerveza en un bar de Vallecas. Resultó ser un tipo decidido y más cuando supo que su elegante interlocutor estaba dispuesto a premiarle con medio millón de pesetas si le ponía en la pista de un objeto perdido en el basurero general. Serafín Poyatos no hizo ningún gesto de extrañeza. Le había sucedido otras veces. Muchos ciudadanos no saben el valor que tienen las cosas hasta que las tiran.

El basurero general de la ciudad lo formaban tres enormes montañas de desperdicios, pero Serafín Poyatos, sobre el terreno, después de hacer memoria, logró recordar aproximadamente el punto de la segunda ladera donde había vaciado el volquete del camión la madrugada del domingo. Con un poco de suerte, allí estaría el tubo si las máquinas no lo habían triturado o si cualquier empresa privada de cartoneros no se lo había llevado del portal de la finca el sábado por la noche. El conductor Serafín insinuó a su acompañante que no llevaba la ropa más apropiada para el trabajo que tenían que realizar, pero Míchel no podía dejar de ir elegante incluso si tenía que escalar una montaña de basura, y para eso se había puesto la ajada chaqueta de cachemira, los vaqueros de marca y los zapatos ingleses de suela alta. Con ellos y un bastón en una mano y con la otra tapándose la nariz emprendió la subida hacia una primera elevación de detritus cuyo hedor, por contraste, le llevó a la esquina del

Plaza donde el estiércol de caballo olía a perfume Dior, aquel aroma exquisito que había macerado el lienzo de Picasso.

Este inmenso basurero tenía habitantes. A esa hora de la tarde, con el sol todavía alto, unos pelotones de mendigos lo estaban también escalando. Había viejos y niños en aquel ejército e incluso mujeres con cierta distinción en sus abrigos raídos. Todos hurgaban en el muladar con unos ganchos para recuperar algo hipotético, tal vez un tesoro perdido con que llenar el saco. El conductor Serafín comentó que todas aquellas mujeres estaban locas. Se decía que algunas eran marquesas que buscaban un anillo, una diadema o un brillante extraviados. En compañía de aquellos habitantes, Míchel Vedrano ascendía también hacia la cota imaginaria donde había descargado el volquete Serafín Poyatos, conductor del camión 84. Ese montículo de despojos tal vez era el suyo y ambos con el bastón comenzaron a remover restos de comida, excrementos de perros, plásticos pegajosos, trapos podridos, en busca del óleo. En seguida se dieron cuenta de que el trabajo les sobrepasaba. Nunca podrían escarbar tanta inmundicia. De pronto, Serafín Poyatos dio un silbido de pastor para alertar a la tropa de mendigos. Con un gesto del brazo les pidió que se acercaran y una vez situados en corro alrededor del marchante internacional se les rogó ayuda mediante una recompensa. Se trataba de encontrar un tubo de cartón cuyas características fueron explicadas a los mendigos con todo lujo de detalles.

Esta tropa de exploradores se puso en acción. Hasta la puesta del sol duró aquella labor de remover toda una ladera del basurero de Vaciamadrid sin que nadie lograra encontrar nada. Serafín Poyatos volvió a sugerir que tal vez el sábado había pasado primero el camión de los cartoneros llevándose toda clase de papeles, cajas y embalajes hacia el depósito de reciclaje. Había que llamar al área de limpieza urbana.

Ya se había ido el sol y la luz del crepúsculo extraía unos reflejos con matices de color malva de las tres enormes montañas de mierda, y cuando Míchel estaba a punto de abandonar ya la empresa uno de los mendigos, desde la cima de un montículo, izó con la mano un tubo de cartón destrozado y gritó si aquel desecho se parecía a lo que buscaban. Míchel Vedrano se acercó a examinar el despojo. Esta vez se había producido el milagro. Aquel pingajo que el mendigo exhibía en el aire después de cuatro horas de rebusca era el tubo que contenía el lienzo de Picasso, una mujer desconocida que sin duda ahora tenía el rostro magullado. Míchel vio el sello de la tienda de alfombras de Nueva York y luego hurgó con el dedo para comprobar que la tela estaba en el doble fondo. Sólo entonces lanzó un grito de alegría y dirigiéndose al corro de mendigos les dijo que estaban todos invitados a cenar en Jockey.

Cuando al pie del basurero Vedrano extendía un talón de medio millón a Serafín Poyatos, uno de los mendigos preguntó qué se podía comer allí y el marchante lleno de felicidad contestó:

—Pidan una pularda con salsa de setas. La preparan muy bien. Dejen la cuenta a nombre de Míchel Vedrano, el hombre con más suerte del mundo —dijo lleno de júbilo el marchante.

Arrancó el Mercedes de Míchel a toda velocidad hacia su despacho transportando el cuadro de Picasso en el maletero. La profundidad del daño se hizo patente cuando, a solas, abrió los restos del tubo con una tijera y apareció el rostro de aquella suicida completamente destrozado. El lienzo estaba roto en varios pedazos, parte de la pintura había saltado y algunas inmundicias del basurero también habían penetrado la textura de tal forma que no se podían distinguir a simple vista las pinceladas del artista de las manchas de estiércol humano.

El marchante estaba pensando en un buen restaurador cuando sonó el teléfono. Le llamaba Luis Bastos para decirle que Julia había preparado una gran fiesta para el viernes de la semana siguiente. Había invitado a financieros, políticos, artistas y gente que sale en las revistas.

Betina no sólo había sido la única en descubrir la herida en el rostro de la mujer del retrato, pese a que la restauración había sido otra obra de arte, también era una de esas chicas que en cualquier fiesta primero pasan inadvertidas, pero a medida que llega la madrugada y los invitados se van hundiendo en el fondo de los sillones ella es cada vez más seductora, hasta el punto de que su fascinación es lo último que queda en medio de las botellas vacías, de los besos de despedida, de los primeros bostezos y los ceniceros repletos de colillas. Betina Esteva y Míchel Vedrano habían quedado sentados al final de la fiesta en un tresillo de la galería con una copa de whisky que compartían. La diferencia de edad no era obstáculo para que se les viera como una pareja de diseño moderno, perfectamente encajada. Él tenía el vientre hacia dentro, el pelo gris sobre las orejas, el cuello largo, el aire de intelectual macerado en hoteles de lujo. Ella era una treintañera de piernas largas afirmadas en el gimnasio, con un papá consejero de banco, un Golf blanco descapotable, un novio negro en Nueva York y una Visa oro siempre incandescente. Betina se había despachado ya una decena de amantes de todas clases, moteros, altos ejecutivos, chicos finos con gemelos de platino en la camisa, macarras de discoteca y presentadores de televisión, pero ahora aquel señor mayor con mucho mundo la tenía subyugada por la historia que le acababa de contar del dibujo de Matisse que salía en la subasta de Sotheby's de Nueva York. Ambos se intercambiaron los teléfonos y quedaron en llamarse.

En el porche de casa, a salvo del relente de la madrugada, Míchel fue el último en despedirse mientras en el jardín sonaban los motores de los coches ahogando las cariñosas frases que los invitados se decían desde las ventanillas. Luis Bastos le dio un abrazo efusivo a Míchel en presencia de Julia.

—El Picasso es muy bonito. Estamos muy contentos. Seguiremos haciendo negocios —le dijo el empresario.

—Eso espero. ¿Te he hablado de un dibujo de Matisse? —preguntó Míchel.

2.

Antes de iniciarse en el mercado del arte, Míchel Vedrano era un simple mueblista decorador que por su afición al cante flamenco andaba siempre entre gitanos por los tablaos, y fueron precisamente unos gitanos del Rastro quienes le introdujeron en el comercio de antigüedades a mitad de los años sesenta. Comenzó primero a hacer cambalaches con tablas y predelas de retablos desguazados o robados de las iglesias, y de ahí pasó a los floreros y bodegones del XVII más o menos falsos; luego escaló los siglos a través de cuadros realistas, románticos o impresionistas hasta llegar a la pintura abstracta. Finalmente se convirtió en el rey del cotarro, en el gallo de este negocio.

A lo largo de un camino de continuos trapicheos, el gusto y el olfato del marchante Vedrano se fueron depurando porque era un tipo extremadamente sagaz, aunque tardó mucho tiempo en abandonar la pinta de tratante que habían dejado en él los chamarileros. Éstos igual vendían un Greco falso que un somier, un palanganero que unos borrachos de Franz

Hals. Los gitanos que trasteaban con el arte se movían entre marquesas arruinadas con palacios sacados en almoneda y curas de pueblo o priores de convento dispuestos a hacer trueque con tallas románicas a cambio de que les repararan el tejado de la abadía.

Entre coleccionistas y chamarileros corría la leyenda de que en las trastiendas del Rastro a veces aparecía un lienzo polvoriento que alguien muy entendido podía comprar por cuatro duros sin que el dueño del baratillo supiera que se trataba de un Goya o de un Velázquez perdidos, ya que los tenía por una mala copia. Incluso se daban ejemplos. Se decía que hubo un profesor extranjero que hacía poco se había llevado del Rastro, por cinco mil pesetas, un cuadro cubierto de telarañas que representaba a un viejo con un candil y que después de limpiarlo y restaurarlo apareció en el ángulo inferior derecho la firma de Rembrandt. Era uno de sus autorretratos que se daba por desaparecido, aunque estaba catalogado en la testamentaría del artista.

Míchel Vedrano tuvo uno de estos golpes de suerte y de pronto se hizo millonario. Un día compró por azar un cuadro que estaba apilado contra la pared entre un montón de trastos en el sótano de un anticuario de mala muerte de Segovia. Aquel cuadro, la escena bíblica del *Banquete del rico Epulón y el pobre Lázaro,* resultó ser un Caravaggio de verdad. Pero este marchante tuvo más fortuna todavía. Sometido al análisis de algunos conservadores del Museo del Prado y de varios críticos de arte oficiales, unos dijeron que el cuadro era del pintor murciano Pedro de Orrente, otros, que en el mejor de los casos parecía una obra de taller napolitano, y los más radicales afirmaron que era absolutamente falso, que se trataba de una copia del siglo XIX. Este dictamen hizo que el Ministerio diera con suma facilidad el permiso de exportación, pero una vez que el lienzo estuvo en Londres se descubrió que era un Caravaggio auténtico. El cuadro fue subastado en Sotheby's con todos los sacramentos y de pronto la cabeza de Míchel Vedrano fue coronada con trescientos millones de pesetas de los años setenta. Desde ese día su carrera levantó el vuelo y cambió de rumbo. Su nombre comenzó a sonar como marca acreditada.

Por esas mismas fechas su buena suerte volvió a entrar en acción. Míchel Vedrano conoció en la taberna Gayango de Madrid a la pintora Beppo, una inglesa de unos setenta y cinco años que en su juventud había sido modelo de Modigliani. A esta bohemia se la solía ver a la hora más dura de la noche apoyando sus huesos contra el estaño del mostrador de los aljibes del cante flamenco, con un pitillo entre los dedos y un vaso de vino siempre al alcance de la mano. Era una dama muy alta, la cara blanqueada de polvos de arroz, una boina de terciopelo volada por un lado de la cabeza y un pañuelo de seda que después de taparle los pellejos del cuello se hacía lazo sobre el esternón puntiagudo. Esta inglesa larguirucha, que ahora parecía un afgano, siendo todavía una adolescente abandonó a su familia de Londres y cayó por el París de principios de siglo fumando una larga boquilla de vampiresa, con falda charlestón y sombrero de plumas cuando los pintores de Montparnasse llevaban un geranio en la pipa y los escritores surrealistas hacían pediluvios de cocaína y los músicos se suicidaban arrojándose al vacío sin dejar de tocar el violín por los aires durante la caída como las figuras de Chagall.

Beppo era una damisela loca en medio de aquellos bohemios de entreguerras. Pasó por distintos caballetes y camastros en las madrigueras de los vanguardistas. Inspiró a Modigliani, fue muy amiga del escultor Brancusi y al final se casó con el famoso príncipe tunecino Abdul Wahab, un artista muy refinado que pintaba unas acuarelas llenas de sensibilidad oriental con palmeras y palacios azules. El matrimonio de esta inglesa libertaria con un aristócrata árabe podía pasar como otra creación artística en medio de aquella tropa de alucinados. La chica más libre de la Rive Gauche cazó y domesticó a un sultán al que en las noches locas sacaba a pasear por Saint Germain atado por el tobillo con una cadenilla de plata.

—Una mujer, para emanciparse, no necesita dar tanto la lata —gritaba Beppo a altas horas de la noche entre el jolgorio de la taberna—. Se levanta una por la mañana, agarra la libertad por el rabo, como decía Picasso, y ya está.

—Oye, niña —exclamó el cantaor Pepe el de la Matrona.

—Qué.

—Te quiero presentar a este amigo que vende pintura.

—¿Eres marchante?

—Estoy en ello —contestó con una sonrisa ladeada Míchel Vedrano.

—Todos los marchantes son unos hijos de puta —exclamó Beppo.

—Totalmente de acuerdo —asintió el interesado.

Fue una manera discreta de empezar una larga amistad. Esta artista, desde el primer

momento, vio en Míchel las cualidades míni-
mas que ella exigía para no despreciar a una
persona: no bebía Coca-Cola en su presencia,
no usaba cosa alguna de plástico, no estaba sometido a ninguna convención social, no se le
escapaba ningún tópico al hablar. A Beppo le
gustaban las muchachas que se adornaban con
puntillas de putita y los hombres un poco decadentes vestidos con ropa muy buena un poco
ajada, como Míchel Vedrano, y para ella no
eras nadie si no calzabas zapatos de gran calidad. La anciana quedó atraída por el desparpajo
con que el marchante trataba a los flamencos, y
allí mismo, junto a la barra de la taberna Gayango, entre el ruido de vidrios y el chalaneo
de los gitanos que hablaban de bodegones del
XVII comenzó a explayarse sobre su vida y entonces salió a relucir por primera vez el nombre de Matisse y de una de sus modelos, llamada
Antoinette, que posó para el cuadro *La alegría de vivir,* una de las obras más famosas de
este pintor.

Cuando Beppo la conoció ya no era
aquella adolescente desnuda que aparece en la
parte izquierda del lienzo arreglándose unas
flores en el pelo con el torso arqueado. Era ya
una mujer de unos cuarenta y cinco años vencida por una grave enfermedad que se paseaba
en un estado lastimoso entre las mesas del café

de La Coupole con pamela y vestido largo cogida del brazo de un amigo panadero que la protegía. A veces el pintor Vlaminck, para ayudarla, rifaba uno de sus cuadros después de vender papeletas en los cafés de La Rotonde, La Coupole y el Dôme. El príncipe Abdul Wahab la había conocido en su momento de esplendor cuando era una ninfa adorada por todos los artistas y la tuvo recogida en su buhardilla de la Rue Bonaparte, donde compartió su decadencia con una Beppo quinceañera que acababa de llegar a París.

—Debió de ser una adolescente divina. Mi marido le compró uno de los bocetos de desnudo que le hizo Matisse para un cuadro. Estaba adorable. No me extraña que Matisse enloqueciera —decía Beppo.

—¿Se acuerda de eso todavía? —preguntó Míchel.

—¡Cómo no me voy a acordar! Ese dibujo estuvo clavado durante años con cuatro chinchetas en la puerta de un armario del estudio. Allí pasó la guerra hasta que los norteamericanos entraron en París.

—¿Qué fue de ese papel?

—¡Bah! —exclamó Beppo.

En medio del estruendo de la taberna los flamencos animaron a la pintora a que volviera a contar la historia de su llegada a España. Beppo se resistió al principio, pero tal vez porque Míchel tenía algo de gitano que la seducía comenzó a reír y al final de tres rondas se avino, cosa rara, a repetir lo que todos ya sabían, que hacía treinta años llegó a España desde París atraída por las noches del sur llevando del brazo al príncipe Abdul Wahab. En Sevilla entraron en un tablao donde un guitarrista de patillas rizadas hasta la mandíbula acompañaba la seguidilla de un cantaor y Beppo lo estuvo observando mientras bebía sin parar. De pronto le dio el rapto. Cuando llegó el descanso le dijo al príncipe que la esperara unos minutos porque deseaba saludar al artista en el camerino.

—Y, bueno, nada —cortó Beppo de pronto la narración.

—Anda, continúa —la animó Míchel.

—Joder, ya lo he contado muchas veces.

—Vamos, vamos, cabrona, dile a este amigo qué pasó en el camerino —mandó con autoridad Pepe el de la Matrona.

—Entré a saludar al guitarrista.

—Y qué.

—Estuve allí unos cinco minutos mirándole a los ojos, sin hablar nada. De pronto, no me preguntes por qué, decidimos escapar por la puerta de atrás. De eso hace ya treinta años.

Beppo se fugó con aquel gitano aceituno lleno de rizos que llamaban Magdaleno y con él se adentró en la España negra o colorista. Primero en Londres había dicho adiós para siempre a los desayunos con avena y a los sándwiches de pepinillos con lechuga cuando abandonó a su familia; luego echó a perder un palacio en Túnez y una buhardilla en Saint Germain por una súbita pasión gitana, y después de muchos años de andar entre flamencos ahora ya era una experta en la cultura del cante jondo y las frituras con ajo. Vivía sola, rodeada de gatos, en un ático en Madrid y de vez en cuando se iba con el caballete a los campos de Córdoba a pintar unas acuarelas de olivos muy líricas. Odiaba hablar en inglés. Lo hacía siempre en un castellano muy blasfemado, pero tenía una elegancia innata que se correspondía con un gran refinamiento interior, y eso fue lo que atrajo a Míchel Vedrano desde el primer momento. En la misma barra de la taberna Gayango quedó fascinado por las cosas que la mujer sabía de aquel París de entreguerras y, decidido a ser su amigo, le propuso comprarle diez acuarelas allí mismo sin discutir el precio.

—Todo a cambio de que me cuentes algunas historias de artistas que has conocido —le dijo Míchel Vedrano para cerrar el trato.

—La mayoría eran unos gilipollas.

—¿Picasso también?

—Ése el peor. No era un gilipollas. Era un hijo de puta.

—¿De veras? ¿Lo llegaste a conocer en París?

—Lo vi un día jugando a las cartas en un bistró con pinta de apache. Y otra vez en el café Flore peleándose por un huevo duro con Tristan Tzara, el dadaísta, como dos niños idiotas. ¿Sabes una cosa? La modelo Antoinette, a punto de morir, fue a pedirle un poco de dinero a Picasso. Entonces ya era un millonario que vivía en la Rue des Grands Augustins, donde pintó el *Guernica,* esa mierda de cuadro.

—No digas eso, Beppo, jodida —interrumpió el cantaor Pepe el de la Matrona—. El *Guernica* es una obra cojonuda a más no poder.

—Calla, que tú cantas muy bien pero no entiendes nada de esto. ¿Y qué hizo el hijoputa de Picasso? No dejó que esa mujer pisara su estudio. Ella puso el pie en la puerta y le tendió la mano como una mendiga para que le diera un poco de dinero. No le dio nada. La echó.

—¿Y Matisse?

—Matisse era un señor. Le llamaban el Doctor por su prestigio y porque pintaba cuadros que parecían quitar las penas a los espectadores. Eran cuadros curativos.

—No dieron resultado con aquella pobre modelo —dijo uno de los gitanos.

Beppo levantó los hombros con indiferencia y continuó diciendo que hacia 1906 Matisse, recién terminado el cuadro *La alegría de vivir*, lo vendió a los hermanos Leo y Gertrude Stein, unos coleccionistas judíos norteamericanos muy ricos que vivían en París. Se decía que el artista había convertido a la modelo Antoinette, con sólo dieciséis años, en su amante. Hizo con ella un viaje al sur, a Biskra, un pueblo de Argelia, como hacían entonces todos los exquisitos buscando sensaciones solares y todo eso que se espera de la dicha sin culpa, y de regreso se trajo telas, cerámicas y una escultura africana de madera. Picasso solía visitar a los hermanos Stein cuando Matisse regresó a París con Antoinette. Se conocieron en casa de estos millonarios judíos de la Rue Fleurus. Allí Picasso vio por primera vez aquella máscara de ébano que traía Matisse y al mismo tiempo también quedó enamorado de la belleza de aquella chica que le había servido de modelo para el cuadro colgado ahora en el salón de sus anfitriones.

—Beppo, tómate otro vino. ¿Quieres unas patatas fritas? —preguntó bostezando uno de los gitanos.

—Patatas fritas con aceite de girasol se las comerá tu puta madre —contestó la pintora.

El camarero se acercó a la esquina del mostrador donde estaba el corro de gitanos. Lo que ella contaba no interesaba a nadie, salvo a Míchel Vedrano, que parecía subyugado por aquel mundo fenecido de pintores de entreguerras cuyas obras se habían convertido en auténticos tesoros que él trataba de descubrir.

—¡Marchando cinco vinos más y otra de boquerones en vinagre! —gritó el camarero detrás de la barra.

—Me gusta lo que dices, Beppo. Aunque estos analfabetos no te escuchen, sigue contando esas cosas. Veo que tú y yo nos vamos a llevar muy bien.

—¡Bah! Odio a los marchantes que se hacen los finos. Prefiero a los chamarileros —murmuró la anciana.

—Los marchantes somos unos hijos de puta, pero a mí me tendrás que querer por cojones, ya verás.

—Oh..., qué gran español —exclamó la anciana inglesa.

Cuando al filo de la madrugada ya se habían despedido todos los flamencos, en la taberna desierta quedaron solos Vedrano y la pintora, ella de pie con un vaso de vino junto al codo en el mostrador, él sentado a horcajadas en una silla sobre el serrín lleno de cáscaras de mejillones.

—Aunque Matisse y Picasso en apariencia se llevaban muy bien y se intercambiaban obras, pronto comenzaron a odiarse en secreto. Fue por celos de aquella niña —siguió Beppo.

—¿Sólo por una niña? ¿Era tan venenosa? —preguntó Vedrano.

—Aquella adolescente que se vestía como una putita en los salones podía perturbar a cualquiera, pero sobre todo Picasso no podía resistir contemplarla desnuda en aquel cuadro cuando iba a casa de Gertrude Stein.

Beppo le contó al marchante cómo se inició el cubismo. Aquella escultura de madera que Matisse había traído a París desde Argelia en realidad provenía de Gabón. Era la máscara de un ídolo negro cuya nariz en forma de hacha impresionó a Picasso, quien en esos días acababa de terminar el cuadro de *Las señoritas de Aviñón*. Tal vez cogido por un rapto de humor, Picasso incorporó la nariz del ídolo africano a la figura de la derecha, una de las prostitutas desnuda, como un escarnio o como un arrepentimiento genial. De esa nariz partió el cubismo. Matisse inventó ese nombre. Fue la primera muestra de libertad absoluta. Pero lo que se decía entonces en las mesas de La Coupole cuando Beppo llegó a París es que con este gesto Picasso no había hecho sino vengarse de la belleza clásica de Antoinette, que sólo estaba en posesión de Matisse. Fue una tortura. Picasso no cesó de mortificar a los Stein hasta lograr que ese cuadro desapareciera de su vista. Esos coleccionistas vendieron *La alegría de vivir* y en su lugar en la misma pared del salón colocaron *Las señoritas de Aviñón.* Y allí seguía cuando, en los años veinte, en casa de los Stein entró Hemingway por primera vez sin quitarse los guantes de boxeo.

—¿Conociste también a Hemingway? —preguntó Vedrano.

—Iba por París haciendo siempre de macho. Una vez le vi echando un pulso con alguien en el café de Lilas. Era un maricón reprimido que presumía de valiente. Por ese tiempo Antoinette ya había comenzado a pedir limosna en la calle. Picasso había ganado la partida. Pintaba cuadros sentado en un baúl lleno de billetes de cien francos —dijo Beppo.

Esa madrugada la anciana pintora se hizo acompañar por Vedrano hasta su casa y ya estaba clareando el día cuando los dos seguían sentados entre varios gatos en el ático con el cartapacio de las acuarelas abierto sobre el sofá. Eran acuarelas de olivos en tonos verdes y dorados muy sutiles. Vedrano eligió unas cuantas sin reparar en el número ni en el precio, pero mientras hacía la elección el marchante no podía apartar la vista de un cuadro colgado en la pared, una acuarela enmarcada con cristal que representaba una figura femenina en una calle de París.

—¿De quién es?—preguntó Vedrano.

—De Abdul Wahab, mi marido.

—¿Tienes más?

—Ahí me quedan algunas —dijo Beppo señalando un baúl.

En el baúl de terciopelo rojo guardaba Beppo un tesoro, fruto del expolio que había hecho del taller de su marido. Gracias a esas obras de Abdul Wahab, muy buscadas por los coleccionistas más caprichosos, Beppo había logrado sobrevivir sin abandonar una bohemia dorada. Sus propios trabajos no tenían mucha salida, pero en caso de apuro, cuando la necesidad apremiaba, Beppo hacía una llamada a cualquier protector, abría aquel baúl y se deshacía de una de aquellas pinturas exquisitas del príncipe tunecino, ejecutadas sobre papel de arroz importado de China. Esta vez Beppo no sólo no puso reparos en venderle una acuarela de Abdul Wahab a este marchante recién llegado, sino que además le facilitó el nombre, la dirección y el teléfono del señor Segermann, famoso galerista de Suiza, que estaba muy interesado en esa mercancía de arte tan selecta y escasa en el mercado.

Con esa acuarela de Abdul Wahab bajo el brazo llegó Vedrano por primera vez a Ginebra. Para entrar en contacto con el señor Segermann no había mejor tarjeta de presentación. Este judío internacional controlaba un área bastante amplia del negocio del arte y algo veía en Míchel Vedrano porque antes de cerrar el trato le invitó a comer en un buen restaurante italiano, donde la atmósfera le hizo sentir que ya pertenecía a una mafia, que era uno de ellos sin que supiera quiénes eran ellos en realidad, ya que la mafia del arte tiene un sello muy enigmático. Durante ese almuerzo Vedrano recibió una primera lección que fue digerida junto con un manjar exquisito.

—Si en el arte no hay moral, ¿por qué deben tenerla los marchantes? —preguntó el señor Segermann mientras recibía con una amplia sonrisa la langosta que el camarero depositaba en su plato—. Esta máxima la aprendí de mi padre y éste la aprendió del suyo antes de que el negocio de cuadros cayera en mis manos. Los artistas son libres, están exentos de pecado, el arte no tiene fronteras, ¿por qué íbamos a tenerla nosotros? Hay una regla de oro. Este mercado necesita servidores que estén atados por la estética.

—No he llegado todavía a ese nivel, señor Segermann. Supongo que el arte, con el tiempo, me irá educando —comentó Vedrano—. Manejo piezas de poca altura. Con esta acuarela de Abdul Wahab es la segunda vez en mi vida que he notado una extraña energía en las manos.

—¿Estaría usted dispuesto a robar de un museo un cuadro que le gustara mucho? —le preguntó el judío internacional.

—¿Es una proposición? —dijo Míchel Vedrano.

—Conteste.

—No estoy preparado para responder a eso todavía, señor Segermann.

—Tiene que saber que una energía parecida a esa que la acuarela de Wahab le ha transmitido puede llevarle a la locura. ¿Estaría usted dispuesto a matar?

—¿Por qué motivo tengo que matar?

—Por ejemplo, por un ángel de Caravaggio —respondió el señor Segermann.

—Yo tuve una vez un Caravaggio. Con él empecé en serio con este negocio —comentó Vedrano mientras se servía un vino del Rin en la copa.

—Le voy a comprar esa acuarela —dijo el señor Segermann—. Le daré lo que me ha pedido, es un precio razonable, pero no vuelva a verme hasta que no esté dispuesto a robar y a matar por una obra de arte.

—Espero poder hacerlo algún día.

—¿Cómo era su Caravaggio?

—La escena bíblica del rico Epulón.

—¿Sabe usted? Fui yo quien pujó por ella en Londres hace unos años.

Tal vez Míchel Vedrano no estaba preparado para robar ni para matar por el arte, pero eso no le impidió ir a la cárcel. Una mañana de diciembre, a principios de los años setenta, se dirigía al aeropuerto de Barajas y la ciudad estaba envuelta en un gran sonido de ambulancias, coches de bomberos y de policía que se dirigían hacia un punto del barrio de Salamanca. Vedrano llevaba una maleta roja repleta de billetes, unos siete millones, dinero que necesitaba para comprar un óleo de Sorolla en Buenos Aires. En medio del atasco el viajero imaginó que había sucedido alguna desgracia, pero en ese momento él sólo pensaba en el gran negocio que iba a hacer una vez más. En esos años, Argentina estaba atravesando una gran crisis económica y aquellos hacendados criollos que en la época dorada de entreguerras compraron joyas y cuadros de maestros impresionistas durante sus vacaciones en Europa estaban vendiendo todo a precios de saldo. Vedrano ya había dado algunos golpes en Buenos Aires. Previamente a su llegada solía mandar a algún amigo argentino cargando con varios millones de contrabando, y una vez depositados allí en un banco, Vedrano se presentaba con el talonario.

Cuando el taxi enfiló la autopista de Barajas el tráfico ya era más fluido y el sonido de las sirenas había quedado lejos, de modo que el viajero se olvidó y embarcó la maleta roja con destino a Buenos Aires. Al pasar el control de policía el funcionario se entretuvo más de lo normal en escrutarle la cara, pero Vedrano sabía resistir este tipo de miradas. Todo parecía en regla, aunque en seguida se presentó la primera contrariedad. Todos los vuelos de salida habían sido cancelados durante tres horas sin que el altavoz diera una sola razón. Vedrano se tomó una cerveza en el bar y ni por un momento pensó en la suerte de su maleta roja, ya que no la relacionó con la cantidad anormal de guardias con metralleta que se veían en la sala de embarque.

Cuando los pasajeros con destino a Buenos Aires fueron llamados su caso ya no tenía remedio. Vedrano se encontró metido en una fila flanqueada por dos cordones de policías malencarados.

—¿Qué sucede? —preguntó el marchante.

—Vamos, siga —contestó un guardia.

—¡Oiga!

—He dicho que siga.

Sobre una banqueta, dos números de la Guardia Civil estaban destripando todos los bolsos con un celo inusitado y de pronto Vedrano vio una extensión de maletas en el suelo de un depósito entre las cuales en seguida divisó la suya de color rojo. Llegado el momento un funcionario le preguntó:

—¿Es ése su equipaje?

—Sí.

—Ábralo.

—Sólo llevo ropa y efectos personales.

—Abra la maleta.

—Pero ¿qué sucede hoy aquí?

—¿No lo sabe? Han matado al presidente del Gobierno. Un coche bomba.

Debajo de la ropa aparecieron los siete millones en fajos de billetes nuevos recién sacados de fábrica. A Vedrano se lo llevaron dos guardias trincado por los codos hacia un despacho donde tres señores de paisano fumaban crispadamente escuchando un transistor. No perdió la calma cuando le interrogaron. Con desparpajo pidió a aquellos funcionarios que lo dejaran llamar por teléfono. Mientras la radio daba noticias del magnicidio, Vedrano marcó un número y al otro lado del aparato contestó una voz displicente que en seguida se hizo amable.

—Luis Miguel, soy Míchel Vedrano. Estoy en el aeropuerto de Barajas metido en un lío.

—¿A quién llama usted? ¿Quién es ese Luis Miguel? —le cortó uno de los guardias de aduanas.

—¡El torero! —exclamó Vedrano tapando con la mano el auricular—. Perdona, Luis Miguel... ¿Que qué ha pasado? Sencillamente que me han pillado con siete kilos en la maleta... No, no, de extrapeso no, de contrabando, pesetas de curso legal, por favor llama al ministro, y que éste llame a Franco o a quien sea.

—Al Caudillo lo veré dentro de unos días en una montería —sonó un bostezo al otro lado del teléfono.

—¿Sabes que acaban de matar al almirante Carrero?

—¿Lo dices en serio? —contestó el matador.

—Me lo acaban de notificar los guardias que me han detenido.

—No importa. Tranquilo, Míchel. No creo que se suspenda la cacería. Serían demasiadas desgracias para el Caudillo —dijo Luis Miguel Dominguín.

El suyo era un percance normal de tráfico de divisas, pero aquella mañana en Madrid todo el mundo tenía cara de terrorista, de modo que Vedrano pasó a la comisaría, al juzgado de guardia y de allí directamente a la cárcel de Carabanchel. En el rastrillo de entrada, después de haber sido fichado y calificado, lo tomó un celador para depositarlo en una celda de la cuarta galería donde estaba preso Henry el Holandés, famoso ladrón de cuadros, y aunque los dos en principio se cayeron bien tardaron unos días en llamarse colegas.

Durante el desayuno de migas con chocolate en plena cacería de venados el torero Luis Miguel Dominguín salió en ayuda de su amigo de juergas flamencas. Unos treinta monteros de alta alcurnia política y financiera perfectamente equipados ocupaban una larga mesa en el comedor de aquel caserío de los montes de Toledo, y el torero tenía a su lado a un ministro y enfrente estaba Su Excelencia. Con una naturalidad muy próxima al cinismo, Luis Miguel Dominguín dijo en voz alta que había que remediar una gran injusticia. Lo dijo de forma que su petición llegara a los más insignes oídos: un amigo suyo que estaba haciendo mucho por el arte acababa de ser detenido por una simple tontería de nada.

—¿Quién es? —preguntó un gerifalte.

—El marchante Míchel Vedrano.

—¿Un marchante? Los odio.

—¿Por qué?

—¿Sabe qué me hizo uno de esos pájaros, a mí que soy ministro de Cultura? Me vendió un dibujo de Dalí enmarcado con un cristal. Lo tuve un año colgado en la pared del Ministerio. Todo el mundo me felicitaba por la adquisición, incluso el propio Dalí llegó a darme la enhorabuena. Era realmente precioso. Un día en que a la señora de la limpieza se le fue la mano al pasarle el plumero el cuadro se cayó al suelo, se rompió el cristal y entonces descubrimos que era una ilustración arrancada de un libro de la colección de arte de Skira. Detrás del dibujo había un texto impreso.

—Míchel Vedrano es demasiado elegante para hacer una chapuza como ésa —dijo Luis Miguel Dominguín.

—¡Qué quieres que te diga! —rezongó el ministro.

—¡Excelencia!... —murmuró el matador al ver que el Caudillo le miraba sonriendo después de levantar los ojos de la taza de chocolate.

—¿Por qué motivo han detenido ahora a ese señor? —preguntó el Generalísimo Franco con un picatoste en la mano.

—Se llevaba un poco de dinero a Argentina para repatriar a España un cuadro de Sorolla —dijo el torero.

—Mal asunto, mal asunto... Puede que ese tal... ¿Sorolla, ha dicho usted?, sea un buen pintor, no lo sé, pero las pesetas son sagradas, son sagradas, las pesetas son divisas, como la bandera nacional —dijo Franco.

A esa hora, la policía fiscal ya había efectuado un registro en el estudio del marchante Vedrano y, al analizar sus libros y las facturas de las carpetas, había descubierto que entre sus mejores clientes se encontraban algunos personajes muy significativos del Estado, quienes le habían comprado cuadros importantes traídos de contrabando sin posibilidad alguna de justificar el dinero. El marchante sólo estuvo un mes en la cárcel y fue la temporada más feliz de su vida, según contaría años después en las sobremesas al recordar al ladrón de museos Hen-

padre, un militar chusquero de carácter franco
y rudo, no la hubiera tirado de la brida tal vez
habría acabado de segunda bailarina o de coris-
ta de revista, dada su belleza, pero todo su impulso creativo lo desvió su madre hacia los gui-
sos y de esta forma Julia se convirtió desde muy
jovencita en una magnífica cocinera llena de
sensualidad, aunque sus clases de baile no fueron en vano. Durante unas vacaciones de vera-
no Julia se empleó de camarera en un bar de
copas de la Costa del Sol donde fue pionera en
servir bebidas y helados patinando entre las
mesas al aire libre. Pudo haberse quedado detrás de la barra limpiando vasos, pero su natural vocación comenzó a aflorar de nuevo. Pa-
tinaba de forma muy graciosa improvisando
pasos de baile con un brazo en alto y la mano
bajo una bandeja llena de licores o de copas de
helados que soltaban chispas como estrellitas.
Así llamó la atención de un cliente despechuga-
do con cadena de oro en el esternón que bebía
en un corro de amigos. Luis Bastos, un famoso
industrial asediado por varias amantes simul-
táneas, no cesaba de mirar a aquella chica de la
minifalda con patines rosas. Ella se sabía observada y al pasar por delante de aquel cliente con
pinta de millonario le hacía un mohín, daba un
quiebro con las piernas y le ponía el adorable
trasero con las braguitas de algodón a dos pal-

mos de la cara. La tercera vez que Julia realizó este lance Luis Bastos, de un zarpazo, la agarró por la cintura y lanzó un grito selvático:

—¡¡Mía!!

—Ahhh... —gritó la chica soltando en el aire la bandeja.

—Eres mía. Tú ya no te escapas.

Luis Bastos sujetó a la patinadora y la sentó en sus rodillas mientras todavía rodaban por el suelo todos los licores. De las rodillas de Luis Bastos en aquel bar de la costa, Julia pasó directamente al altar de la iglesia de los Jerónimos de Madrid. Ella no sabía nada excepto guisar unos manjares suculentos del tipo lentejas con orejas de cerdo, chipirones en su tinta, codillos y toda clase de arroces, una aptitud que compartía con una dádiva generosa de su sexo a cualquier hora del día, en cualquier lugar y bajo cualquiera de sus formas, pero esta sensualidad tan directa y rudimentaria Julia la fue depurando en poco tiempo, puesto que tenía un olfato especial para saber en cada momento dónde estaba el asa de un hombre. Por un lado sus recetas de cocina se hicieron cada día más elaboradas y por otro sus excesos en la cama eran cada noche más imaginativos, hasta el punto de llegar a preparar un caviar con gelatina de manzana o unas cigalas a la menta para ofrecerle a continuación un número de sexo que le rompía la mente a su marido. Fuera de esto Julia no sabía ni quién era Picasso. Al principio su mansión de La Moraleja estaba adornada con uvas de resina sobre las mesas de centro y con cuadros de ciervos bebiendo en ríos iridiscentes, con ceniceros de cristal tallados, cajitas de toda índole y muchas bandejas y candelabros de plata.

—¿Dónde nos conocimos? —preguntó Luis Bastos en la sobremesa de El Bulli.

—No recuerdo bien. Fue en una subasta donde pasó algo raro, ¿no? —contestó el marchante.

—Sí, fue en aquella subasta —dijo Julia—. A Luis le dio por comprar pintura hace tres años. Te conocimos en aquella primera subasta. Tú estabas de pie apoyado en una columna a la izquierda de la sala.

—¿Cómo recuerdas eso con tanta claridad? —preguntó el marchante.

—Nos robaste un cuadro. ¿Cómo no lo voy a recordar? Era la primera vez que entrábamos en un sitio de esos. Luis se había encaprichado del retrato de una gitana con un cántaro.

—¿De un Romero de Torres?

—Eso es. Una señora se había picado con Luis. Parecía que la habíamos ganado y cuando el subastador estaba a punto de rematar la venta, en el último segundo tú levantaste la mano. Luis abandonó y tú te llevaste la gitana. Después, muy educado, nos la ofreciste por el mismo precio. Así nos conocimos.

—Quiero que sepáis una cosa—dijo Vedrano con una risa muy franca—. Yo no levanté la mano para pujar. Aquel Romero de Torres no me interesaba para nada. En ese momento estaba distraído pensando en el divorcio. Yo levanté la mano sólo para rascarme la cabeza.

—Entonces, ¿fue una confusión del subastador? —preguntó Luis Bastos.

—Eso es —dijo Vedrano.

—Qué extraño es este mundo del arte. Me gusta, me gusta —murmuró Julia.

—Pensé que ese malentendido tenía que darme suerte y decidí quedarme con el cuadro. ¿Habéis dicho que nos conocimos en ese momento?

—Es el primer cuadro que te compramos —dijo Luis Bastos.

—Está bien. Digamos que me rasqué la cabeza y los dioses echaron los dados —respondió Vedrano.

Después de aquella conversación en El Bulli el poder que la belleza tiene sobre la vida comenzó a revelarse cuando al día siguiente Julia acudió a la clínica de Barcelona para hacerse unos análisis. Durante la sobremesa en el restaurante el marchante y el coleccionista hablaron de otras muchas cosas, pero Julia se quedó en silencio pensando sólo en el placer que le proporcionaba aquella luz de media tarde.

3.

En el vestidor había un juego de espejos a través de los cuales se multiplicaba hasta el infinito el rostro de la mujer desconocida de Picasso colgado entre dos armarios de roble. Antes de entrar en ese tabernáculo Julia desayunaba en la cama; después se adoraba en el cuarto de baño con la máxima lentitud, ya que ésa era la labor principal de su jornada, la que le proporcionaba mayor placer, y recién maquillada con cremas que en el prospecto le prometían toda clase de juventud sometía luego su cuerpo desnudo a la ceremonia litúrgica de vestirlo. Su guardarropa, adquirido directamente en desfiles de modelos o en tiendas exclusivas, se componía de todos los trajes, vestidos, blusas, jerséis, zapatos, bolsos, medias, ligueros y encajes íntimos imaginables cuyas combinaciones podían llegar también al infinito haciendo de ella otra obra de arte.

Julia se volvía a adorar en el vestidor explorándose la silueta en los distintos espejos cruzados, y éstos eran de tan alta calidad que le devolvían la esbeltez en el grado que ella la exigía. Gran parte de su energía la usaba en dirimir la ardua cuestión entre una falda Calvin Klein o unos pantalones de Verino, y había mañanas en que esta duda se podía equiparar al más duro ejercicio espiritual. ¿No era acaso una práctica ascética, casi una tortura ritual, tener que elegir entre unas bragas de seda o de algodón según el estado de ánimo?

Un par de horas antes su marido había pasado por este mismo vestidor a toda velocidad con el pelo mojado, los ojos a punto de saltar de las órbitas por la tos del tabaco, que le obligaba a resoplar al atarse los zapatos mientras la mujer desconocida de Picasso le observaba desde el cuadro, al cual Luis sólo alguna vez le devolvía la mirada antes de salir disparado hacia su despacho de los laboratorios, de la inmobiliaria o de la compañía exportadora de tripas de res. En cambio, Julia, mientras se vestía, nunca dejaba de reflejarse también en aquel Picasso como en otro espejo y al poco tiempo empezó a descubrir en el lienzo ciertos matices de su luz malva que derivaban hacia el negro, el violeta y el rojo hasta formar un color insólito que ella nunca había encontrado en ningún vestido. Sin que fuera consciente de ello aquella mujer desconocida del cuadro había comenzado a educarle ese punto de la mirada que es por donde empieza el alma.

Con veintinueve años Julia estaba llena de ganas de vivir. Ya no le sangraban las encías ni tampoco sentía aquel cansancio que había atribuido a la falta de minerales, pero los informes médicos que su marido le había ocultado la tenían sentenciada a muerte en pocos meses. A primera vista su único problema era el tedio. No tenía ninguna obligación en todo el día. Ir de tiendas, darse masajes, tomar el aperitivo con las amigas, almorzar sola, leer revistas de moda, hacer yoga, pasear por el jardín, esperar la llamada de Luis diciendo que esa noche también llegaría tarde, soñar con que le preparaba una cena tan deliciosa que no tuviera sentido si no terminaba con un homenaje en la cama, ésa era la sustancia de su tiempo, una rutina que sólo se quebraba a veces con el sobresalto de alguna nueva joya y de un tiempo a esta parte con la pasión de coleccionar pintura.

Sentada en el porche frente a un zumo de zanahoria Julia se estaba acariciando el anillo de brillantes, el último que le había regalado su marido, cuando una de las criadas le acercó el teléfono para que atendiera una llamada. Era el marchante Míchel Vedrano que preguntaba por Luis, convertido ahora en su mejor cliente.

—Luis está en Suecia, de negocios con sus tripas de vaca o vete a saber —contestó Julia.

—Y tú sigues bien de salud, ¿no? —le dijo Míchel con cierto matiz preocupado en la voz.

—Sí, sí, muy bien, ¿por qué? ¿Es que tengo que estar mal? —preguntó ella.

—Nada, nada, me alegro. Dile a Luis que tengo unos nenúfares de Monet.

—¿Nenúfares? Ya tenemos una pileta llena de nenúfares en el jardín —respondió Julia.

—Éstos son de una clase especial —comentó con una risa amable el marchante.

—A Luis no le gustan las plantas. Sólo le interesan las que son buenas de comer. ¿Existe la ensalada de nenúfares?

—No, no todavía.

Míchel Vedrano no sabía si Julia bromeaba, pero encontró la forma de explicarle sutilmente sin herirla que Monet no era un jardinero famoso ni tampoco el nombre de un vivero, sino un pintor impresionista francés cuyos cuadros de nenúfares eran muy valorados por los museos y coleccionistas más importantes del mundo. Julia aceptó la explicación con toda naturalidad e incluso se mostró en seguida muy interesada en conocer la obra de ese artista. Míchel volvió a cometer la misma torpeza al despedirse. Después de interesarse de nuevo por su salud le había hecho una pregunta extraña que dejó a Julia muy pensativa al colgar el teléfono. Ella se sentía bien. El resultado de los análisis no era preocupante y no obstante había comenzado a percibir ciertas miradas de su marido y unas sonrisas demasiado complacientes a la hora de hacer planes para el futuro, y esa actitud la llevó a la conclusión de que le estaban ocultando algo.

Julia se dio un paseo por el jardín. Después de recorrer los húmedos caminitos de la pradera bajo las hayas llegó hasta la tapia para examinar el estado de los rosales y luego arrancó algunas agujas de enebro y se frotó con ellas las manos para aspirar su aroma mientras se acercaba a la pileta que había cerca de la piscina, y allí pudo contemplar aquellas hojas dormidas sobre el agua un poco putrefacta. Descubrir la trama más íntima de reflejos que el sol de mediodía extraía de ese estanque sólo estaba al alcance de una observación casi mística, a la cual aún no llegaba, pero ella estaba aprendiendo a mirar. No pudo evitar la tentación de agacharse. Mientras del fondo subía cierto hedor a tallos fermentados su rostro se reflejó en aquel espejo corrompido. Julia quiso acariciar una de aquellas flores blancas que flotaban inmóviles y estaba sintiendo el tacto carnoso de ese pétalo tan obsceno cuando se le escurrió del dedo el anillo de brillantes, que se fue hacia el fondo del estanque, y aunque la mujer hundió el brazo detrás para atraparlo ya no lo pudo alcanzar. La joya se había perdido entre las raíces acuáticas de los nenúfares y al removerlas no había hecho sino liberar hacia la superficie un légamo pestilente y despertar a algunas arañas que tal vez dormían abajo. Tampoco era un gran problema. Mañana mandaría al jardinero que vaciara el agua.

No tenía más trabajo que pensar en sí misma. Sin olvidar las palabras indecisas que Míchel había pronunciado acerca de su salud Julia volvió al vestidor, donde en una de las bandejas del armario estaba el sobre con el resultado del análisis de sangre. Lo leyó una vez más aunque se sabía de memoria todos sus datos clínicos. La cantidad de hematíes y de plaquetas estaba dentro de lo normal y el informe de la biopsia que se derivó de la punción en la cresta ilíaca que le realizaron en la clínica de Barcelona era negativo, así se hacía constar con toda claridad en el escrito, de modo que no tenía por qué preocuparse más. Pero ignoraba un hecho esencial: esos análisis eran falsos. Habían sido manipulados en el laboratorio a petición del marido para no alarmarla ante un desenlace inevitable. En realidad, los síntomas de la leucemia aguda eran muy significativos y constaban en el informe original que fue arrojado por Luis a un contenedor de basura al salir del hospital. El aumento alarmante de leucocitos inmaduros no daba lugar a dudas. No obstante, Julia nunca se había sentido mejor. Las ganas de vivir habían potenciado aún más su belleza y todo su cuerpo despedía una sensación de fuerza pese a un resto de palidez en el rostro que la hacía mucho más atractiva. Julia también ignoraba que aquella mujer desconocida del cuadro de Picasso tenía realmente toda su alma destrozada. Había pasado por un basurero general donde fue sometida a la humillación más profunda que pueda soportar una obra de arte.

Después de una restauración feliz en el lienzo sólo quedaba un leve arañazo que en realidad era un resto de estiércol profundamente incrustado en la mejilla de la dama. Julia la contempló una vez más. Pese a que aquella figura parecía haber sido sometida también a la crueldad del artista, mientras Julia la contemplaba se sentía transportada a un mundo desconocido. Le gustaba sobre todo la luz que desprendía, a la cual cada día le descubría un nuevo matiz, como un amor que se va revelando lentamente. No entendía nada de arte pero en el fondo estaba feliz sólo de pensar que poseía aquel cuadro y con él todo su pasado. Julia y la mujer desconocida cruzaron la mirada. A través de la ventana del dormitorio llegaba hasta el vestidor la luz del jardín que se multiplicaba en los espejos para formar un solo cubismo con el cuerpo de Julia y el rostro de aquella mujer que se suicidó en una bañera llena de champán rosa del hotel Negresco de Niza. Julia recordó de pronto la pregunta enigmática que Míchel Vedrano le hizo antes de colgar el teléfono.

—¿No tienes nada que decirme ahora que Luis no está?

—¿A qué te refieres? —preguntó Julia.

—Un día tú y yo tenemos que hablar de amor —contestó Míchel Vedrano riendo.

—Míchel.

—Qué.

—Luis te aprecia mucho. Si se enterara te mataría.

El cuadro de Monet estaba guardado en la cámara acorazada de un banco del paseo de la Castellana. Esa misma mañana Míchel Vedrano sabía que un avión privado traía de Ginebra a uno de los reyes del mercado del arte. Venía acompañado de una bellísima joven de plástico y de un guardaespaldas filipino con rostro de navaja, y él era un viejo con la chaqueta de una calidad elegantemente ajada, unas gafas cuyos vidrios multiplicaban la finura de su mirada de halcón y ese bruñido violáceo en la mandíbula que sólo se posa ahí a partir de los mil millones de dólares. El jet plateado iba camino de isla Mauricio para que su dueño, el señor Segermann, pasara un fin de semana sobre una playa dorada, pero en pleno vuelo había decidido realizar una breve escala en Madrid para echar un vistazo a los nenúfares de Monet, el cuadro del que Míchel Vedrano le había hablado. Un Rolls-Royce alquilado desde el aire les esperaba en el aeropuerto.

De camino hacia el paseo de la Castellana la novia del señor Segermann fue desembarcada en la calle de Serrano con una tarjeta Visa platino bendecida por su amante, quien le dio dos horas de tiempo para que pudiera realizar con ella una consumición a su antojo en cualquier joyería. Cuando el Rolls-Royce llegó al segundo sótano del aparcamiento del banco, que era el punto de la cita, allí le esperaba Míchel Vedrano en el interior del Mercedes fumando. El guardaespaldas abrió la puerta del Rolls para que saliera el pez gordo. Ambos comerciantes de arte se saludaron con un abrazo puesto que ya habían hecho juntos algunos negocios, a continuación se dirigieron a la cámara acorazada y mientras el ascensor bajaba hacia el último sótano se observaron mutuamente en silencio con media sonrisa.

—Creo que es la segunda vez que descendemos juntos al infierno en este ascensor —comentó el señor Segermann.

—Así es —dijo Vedrano.

Durante ese breve trayecto hasta la guarida del Monet situada en las entrañas del banco, Míchel Vedrano recordó la vez en que en ese mismo lugar este judío internacional trató de humillarle para que quedara claro quién mandaba en el mercado. En aquel caso se trataba de un Gauguin, un paisaje de Pont-Aven, de la época de Bretaña. Ante aquel cuadro el viejo Segermann se caló las gafas, se agachó para explorar la firma, luego lo observó de pie a media distancia con el gesto muy hermético y finalmente dijo:

—Conozco el cuadro. Perteneció a la colección privada de Goering. ¿Qué piden por él?

—Cuarenta y cinco millones de pesetas —contestó Míchel Vedrano.

—Bien. Le doy dos millones. Es una cifra razonable sobre todo si se tiene en cuenta que este Gauguin es falso.

—Si es falso, vale quince mil pesetas —exclamó Vedrano.

—Así es. Pero hay algo que le conviene saber. Este Gauguin sólo es falso en sus manos. En cuanto yo lo incluya en mi catálogo será auténtico a todos los efectos, no sé si me entiende —dijo el señor Segermann.

—Lo entiendo muy bien.

Míchel Vedrano recordaba esta escena que hace unos años el señor Segermann, realizó para marcar territorio y al mismo tiempo él aprendió la primera lección del mercado de arte: que los cuadros tienen siempre un valor relativo, liberan una energía estética y monetaria según el lugar donde se hallen. Este mercado crea sus propios líderes que mandan, dictaminan, imponen el gusto, peritan, convierten las obras falsas en auténticas y las auténticas en falsas, establecen alrededor del cuadro una atmósfera que atrae a los coleccionistas.

Pese a la humillación a que fue sometido en aquel encuentro, Míchel Vedrano respetaba la autoridad del señor Segermann, que en otras ocasiones le sirvió para dar unos golpes importantes. Él le había enseñado la pesca de altura en este negocio. Había pujado en Londres por su Caravaggio. Había comenzado a navegar fuerte con su dinero, de modo que podía considerarlo su padrino.

Ahora a esta pareja de comerciantes de arte, seguidos por el guardaespaldas y guiados por un empleado del banco, se les fueron franqueando algunas rejas de la elegante mazmorra hasta llegar a la última cámara blindada. El encargado de la caja fuerte manipuló la cerradura con dos llaves combinadas, una del banco y otra del marchante, y después de darle algunas vueltas a la clave se abrió la puerta de acero y Míchel Vedrano sacó el cuadro de Monet envuelto en un embalaje de goma espuma. A ver si esta vez hay más suerte, pensó.

Era un lienzo de la serie titulada *Ninfeas, paisajes de agua,* representativo de la primera época y en él aparecía una parte de un estanque sobre la cual los óvalos de las hojas de nenúfares estaban dispuestos en bandas horizontales de tonos verdes terrosos que derivaban hacia una gama de amarillos y violetas intensos con reflejos oscuros. Míchel Vedrano reclinó el cuadro en la pared buscando una determinada posición para evitar los reflejos del neón y luego permaneció de pie bajo el silencio neumático de aquella cámara acorazada junto al señor Segermann, quien con la barbilla pellizcada estuvo observando el cuadro un buen rato sin dejar de sonreír. Había sido llamado como conocedor para que expertizara la obra con la esperanza de que pudiera convertirse también en su comprador. Acababa de saber el precio.

—¿Conocía este Monet? —preguntó Míchel Vedrano rompiendo aquel mutismo que ya se hacía embarazoso.

—Naturalmente —asintió el señor Segermann—. El Monet es mío.

—Sabía que le iba a gustar.

—Este cuadro es mío.

—Entonces, ¿le interesa?

—Repito que el cuadro es mío.

—Me alegro de que lo compre. Es un gran Monet —dijo el marchante con una sonrisa feliz.

—No me ha entendido usted, mister Vedrano. Este cuadro de nenúfares de Monet, de cincuenta y uno por treinta y siete centímetros, que es el número siete de la serie de cuarenta y ocho óleos que Monet pintó sobre ninfeas en el agua, es de mi propiedad, ¿comprende?

—No muy bien, señor Segermann —exclamó Míchel Vedrano lleno de bochorno—. ¿Quiere decir que se lo han robado?

—No.

—¿Entonces?

—No hace ni siquiera un mes cedí este cuadro para su venta a una galería de París. No sé cuántas vueltas habrá dado, pero resulta que usted me obliga a aterrizar en Madrid para venderme mi propio cuadro casi por el doble

de precio que yo pido. ¿No le parece divertido? —dijo el señor Segermann sin darle mucha importancia.

—A mí también me ha pasado alguna
vez —contestó Míchel Vedrano con desparpajo de hombre de mundo.

Aunque la situación era muy embarazosa
ambos se comportaron como buenos profesionales. Aquel viejo y elegante judío internacional
que emanaba un perfume de marfil no le echó
en cara a Vedrano las ridículas mentiras que había tenido que inventar para engatusarlo. Le
había contado que el Monet pertenecía a una
anciana española arruinada, viuda de un antiguo
estanciero argentino cuyos abuelos llegaron de
viaje a París en los años veinte trayendo en el
barco la consabida vaca y llevándose de vuelta
a Buenos Aires una colección de impresionistas.
Tampoco le recordó el dinero exorbitante que
pensaba ganar con el pase ni le pidió que le des-
velara la cadena de voraces intermediarios que estaba colgada de esos delicados nenúfares, entre
los cuales se encontraba Betina, la chica que Vedrano había conocido en la fiesta de La Moraleja.

—Está bien, después de todo tengo un
gran cliente para este Monet —resolvió Vedrano muy sobrado—. Si tira usted del cuadro hacia Ginebra dejaremos a los intrusos fuera. ¿Qué
le parece?

—Llámeme dentro de un par de semanas a Nueva York. Estaré en el hotel Pierre. A ver si de una vez por todas consigo hacer un negocio honorable con usted —dijo el señor Segermann.

—Muy bien —sonrió complacido Míchel Vedrano—. ¿Va usted a pujar por el dibujo de Matisse?

—¿Puedo hacerle yo otra pregunta?

—Por supuesto.

—Ha estado usted en la cárcel, ¿no es cierto, mister Vedrano? ¿Le gustaría volver a ella otra vez?

—Sólo estuve unos meses. Lo sabe usted muy bien. Y le diré una cosa, señor Segermann. En mi vida lo he pasado mejor. ¿Le he contado que en la cárcel conocí a Henry el Holandés?

—Me lo ha contado. Tiene usted madera para este negocio. Es usted un sinvergüenza con mucha clase.

En una esquina de Serrano, camino del aeropuerto, Segermann recogió a aquella bellísima rubia devoradora de joyas cuyos muslos de tintorera levantaron una nube de perfume Rabanne al cruzarse en el asiento y poco después el avión privado despegó rumbo a isla Mauricio.

Míchel Vedrano había llamado a Betina para almorzar juntos en La Trainera. No habían tenido suerte en esta primera aventura en común. Míchel hizo todo lo posible por ahorrarse el mutuo ridículo y a la hora de astillar las patas de las cigalas le contó a su nueva amiga, una neófita en materia de arte, algunas teorías sobre el alma de los cuadros. Hay pintores cuyas obras sueltan toda su energía en los museos; otros, en la carbonera de una vieja; otros requieren tener al lado un ventanal con el lago Leman detrás; otros sólo están bien en la caja fuerte de un banco y algunos no salen nunca de los depósitos de la aduana internacional de Ginebra y sin moverse de allí son zarandeados por las pasiones de los especuladores.

—Nuestros nenúfares no han tenido suerte. Se nota que era mi primera vez —exclamó Betina riendo con gran desenvoltura.

—La próxima semana voy a Nueva York —dijo Vedrano.

—Podemos ir juntos, si quieres.

Tomaron el avión unos días después. A Míchel le complacía viajar acompañado de esta joven que podía pasar por su secretaria aunque era hija de un banquero que sólo buscaba emociones fuertes. Ella podría servirle de guía en la exploración del mundo de las altas finanzas que el marchante estaba iniciando, pero si pretendía sujetarla a su lado tendría que seducirla con un veneno más poderoso que el sexo, puesto que en este terreno, pese a que era un hombre atractivo, se sentía desactivado.

Betina ya había anunciado a Nelson su llegada a Nueva York. Se encontrarían en la esquina de la Calle 42 con Broadway, como siempre. Le había dicho que fuera preparando el martillo para dos jornadas completas. A Betina le producía una especie de embriaguez la entrada en Manhattan porque ese hedor dulzón de especias, pinchos morunos y de vapor de la calefacción que emanaba del asfalto le liberaba en el inconsciente las fantasías eróticas que mantenía con aquel atleta negro.

—Mañana hay subasta en Sotheby's —le dijo Míchel cuando el taxi estaba atravesando el puente de Queensboro—. Podemos ir juntos.

—No conozco ese mundo —contestó Betina.

—Es muy divertido. Verás cómo cazan allí los tiburones. Calle 72 con la avenida York. A las once de la mañana.

Después de dejar a Míchel en el hotel, Betina siguió camino en el taxi para reunirse con su novio. Durante el trayecto hacia la esquina de la Calle 42 con Broadway, al pasar junto a una boca de metro de Times Square, Betina recordó la primera vez que vino a Nueva York siendo todavía una adolescente. En uno de los andenes de esa estación por un momento perdió de vista a sus compañeros y se quedó completamente sola en medio de aquel bosque petrificado, y el pánico que sintió en aquel momento con el tiempo lo fue asimilando, recreando, soñando, transfigurando, hasta incorporarlo a una de sus fantasías eróticas favoritas. Ahora la chica se hundió un poco más en el asiento del taxi, cerró los ojos y volvió a recrear aquella desierta estación del suburbano que tanto le excitaba. Betina se había quedado sola otra vez en el andén con todas las salidas cerradas con verjas de hexágonos, y sus pasos tenían una gran percusión bajo la bóveda mugrienta. De pronto se detuvo y en ese momento, en el silencio absoluto, sonaron duramente otros tacones que no eran los suyos. Se le aceleró el pulso. Por unas escaleras bajaban los dos violadores de costumbre que Betina en su imaginación convertía en más o menos patibularios según la necesidad que sentía de degradarse. Esta vez tenían un aspecto de ratas

de alcantarilla, no era una pareja de negros car-
nívoros, sino dos fríos asesinos rubios, esa clase
de tipos que se sacan la navaja directamente de
la bragueta. Betina estaba de pie en medio de la
estación del suburbano. Echó a correr y durante su carrera ciega en busca de una salida
empezó a llorar sintiendo muy cerca las botas
de los dos rufianes que sin duda la violarían
como otras veces repartiéndose el trabajo. Betina se agarró con los brazos abiertos a la verja
que cerraba un túnel perdido, separó las piernas y ellos se acercaron con las navajas exten-
didas a la altura de sus vientres.

—Hace una hermosa tarde, ¿no es cierto?, se ve que ya está aquí la primavera —dijo
de repente el taxista.

—¿Cómo?

—Digo que hace una hermosa tarde.

—Así es, así es —murmuró Betina con
los ojos cerrados.

En ese momento, el tibio sol de Nueva
York le estaba acariciando el rostro a través de
la ventanilla, pero Betina tenía la mente puesta en aquel túnel del suburbano. Los dos rufianes habían llegado hasta ella y con los cintos de
sus vaqueros comenzaron a atarla por las mu-
ñecas a los hierros de la verja. Luego también
la trincaron por las piernas a la altura de los
tobillos sirviéndose de unas cuerdas que traían

a propósito. Betina quedó a su disposición inmovilizada en forma de aspa. Uno de ellos, con la punta de la navaja y la risa helada, investigó bajo la falda de la chica mientras el otro la hizo enmudecer por completo metiéndole un trapo en la boca. Así se acabaron los gemidos, pero no sus ojos espantados, llenos de lágrimas.

—Esta mañana he asistido a una escena maravillosa —comentó el taxista—. Iba por la Calle 40 en medio de un caos infernal, había camiones de descarga en tercera fila y un sonido de bocinas y los bomberos se abrían paso con dificultad en el atasco para rescatar a un suicida que estaba colgado de un alero, y de pronto un pájaro se posó en lo alto de una farola y comenzó a cantar. Todo el ruido de Nueva York cesó y sólo se oía el trino de ese pájaro urbano. ¿No es maravilloso, señora?

Betina no contestó. En ese momento la estaban violando y ella no podía gritar porque aquel par de rufianes la tenían amordazada. Con una helada maldad le habían rasgado la falda y uno de ellos quiso arrancarle las bragas con los dientes ante la risa histérica del colega.

—Creo que era un mirlo, pero no me haga caso —dijo el taxista.

Trataba de excitarse. Antes de caer en los brazos de Nelson, al llegar a Nueva York, ella siempre echaba a volar las fantasías eróticas mientras cruzaba las calles, pero esta vez el taxista, un pakistaní amable y ahumado, no la dejaba concentrarse en aquella violación imaginaria en una estación desierta del suburbano.

—¿Sabe cómo se llamaba esa esquina adonde vamos? Su nombre era la Cocina del Infierno. No había en Manhattan una esquina más caliente que ésa. Hasta hace bien poco ahí se concentraba toda la droga y la prostitución de la ciudad. ¿Sabe quién se ha establecido ahora en esa esquina?

—Walt Disney —respondió Betina.

—Veo que lo sabe.

—Mi novio trabaja allí. Mire, mire, es ése. ¡Eh, eh, Nelson, Nelson! —gritó la chica sacando la cabeza por la ventanilla del taxi.

—¿El ratón Mickey es su novio? —preguntó el taxista.

—Sí, el que está dentro —dijo Betina.

En la acera de la Calle 42, frente al establecimiento de Walt Disney, un ser inmenso vestido de Mickey jaleaba y gastaba bromas a los transeúntes como reclamo publicitario. El taxista pakistaní vio correr a la chica a lo largo del bordillo hasta lanzarse con los brazos abiertos contra el pecho de aquel muñecón, quien la recibió entre carcajadas mientras la atrapaba con sus potentes zarpas para elevarla en el aire hasta la altura de su cabeza, que distaba del suelo dos metros más o menos. El ratón Mickey se quitó la caperuza y en su lugar apareció la potente cabeza del negro Nelson con una carcajada explosiva.

El taxista esperó a que aquella pareja se solazara. Nelson terminaba en ese momento su horario de trabajo. Sin quitarse el uniforme subió al taxi con Betina y ambos siguieron camino de un ruinoso edificio de apartamentos ubicado junto al río Hudson. El inmenso ratón cargó el equipaje de Betina y fue dando patadas a los cubos de basura de la escalera para abrir paso a su novia hasta la tercera planta. Cuando Nelson franqueó la puerta del apartamento, Betina percibió el mismo olor a linimento con desinfectante que no había dejado de acompañarla en los momentos de excitación desde la primera vez que entró en esta guarida. En seguida vio el camastro revuelto junto a la ventana y para llegar allí sólo había que dar siete pasos. A mitad de ese camino Nelson abandonó la maleta en el suelo y Betina dejó sobre ella el bolso de mano. Ambos cayeron abrazados gritando sobre la cama. La chica vestía unos vaqueros con una chaquetilla de gamuza. Su amigo iba forrado todavía con el disfraz y los dos comenzaron a desnudarse, cuerpo a cuerpo, a mordiscos, jadeando. Betina fue la primera en quedar desnuda por completo para ofrecerse quemada por los rayos uva, y a medida que su amigo dejaba también al aire toda su musculatura la chica se llenaba del olor característico que despedía, una mezcla de sudor ácido y melaza. Betina sintió al instante que la estaban llamando con un durísimo picaporte en el vientre y apenas se entreabrió comenzó a sentirse machacada, envuelta en una marea que a cada rato vertía un caudal de espuma dentro. No podía asegurar cuándo cesó la tempestad. La ventana había oscurecido mientras el furor de su amigo seguía. Luego amaneció y la marea tampoco bajaba. La primera luz rosada que subía desde el río Hudson iluminó en medio de la estancia la maleta y el bolso todavía sin abrir y Betina estaba sucia, manoseada, toda pegajosa de semen y saliva, despeinada, feliz.

A las once de la mañana los salones de Sotheby's resplandecían con la fascinación de los grandes acontecimientos. Se subastaban cuadros de impresionistas y de pintura moderna, entre los cuales sobresalían varias obras de Degas, de Cézanne, de Juan Gris, de Picasso, de Utrillo, de Vlaminck y algunas esculturas de Giacometti y de Henry Moore. Se podía decir que a esta primera sesión habían acudido todos los peces gordos del mercado del arte, los marchantes más poderosos, japoneses, suizos, alemanes, libaneses, de los cuales algunos venían en representación de museos o de multinacionales y otros sólo se movían por la propia pasión que no tenía límites. Pese a que había grandes piezas en esta primera sesión de Sotheby's, el amor de los coleccionistas se dirigía hacia un dibujo turbador de Matisse, el boceto de una adolescente con el pubis florido que parecía estarse desperezando mientras con las manos se arreglaba las flores del pelo. Era un estudio de esa figura femenina que forma parte del famoso cuadro *La alegría de vivir,* cuyo bosquejo pertenecía a la colección Haas de San Francisco. La obra definitiva estaba en la Barnes Foundation.

En los salones de Sotheby's podían verse los seres más fascinantes y estrafalarios del planeta. Cuando el fluido magnético del dinero hace masa con la belleza produce una carga tan potente que hace enloquecer a los tiburones más fríos, por eso esta vez también se había producido un pacto de no agresión entre algunos famosos marchantes que dominan el mercado del arte. En una suite del hotel Pierre se habían reunido seis cocodrilos, entre los que estaba el señor Segermann, para repartirse los lotes sin necesidad de calentar demasiado la puja. Se habían puesto de acuerdo con las principales piezas, excepto en el valor de aquel dibujo de Matisse, sobre el cual se había establecido una discusión acalorada, llena de sutiles amenazas de revancha si no de algo más. Un japonés estaba dispuesto a romper las reglas y a pagar por esa obra hasta más allá de su pasión.

Al lado de esta gente Míchel Vedrano se sentía un peso ligero; a pesar de ello en los salones de Sotheby's, repletos de mujeres y caballeros con mucha pátina, exhibía un diseño suficientemente mundano y atractivo como para atraer algunas miradas, aparte de que su colmillo podía medirse con el de cualquier felino. Había reservado una silla a su lado para Betina, que llegó cuando la subasta ya había comenzado a calentarse. Se había cubierto por cuatro millones de dólares un óleo de Cézanne y unas bailarinas de Degas que se vendieron por el doble del precio de salida. El público se abanicaba con el catálogo y el aire extraía de los cuellos femeninos y de algunas papadas de altos financieros unos aromas de lujo, pero el perfume que dominaba en la sala era el del dinero.

Betina se abrió paso entre la gente que abarrotaba los pasillos en busca de Míchel Vedrano, que al verla le hizo señas para indicarle la silla vacía. Betina llegó recién amasada y aunque vestía un modelo de Ralph Lauren parecía que la habían apaleado.

—Perdona. Me he retrasado.

—¿Te has perdido?

—Estoy agotada. No he dormido en toda la noche. ¿Ha habido algo interesante?

—Pareces cansada.

—¡Qué horror! —exclamó Betina mirándose en el espejo de la polvera.

—Se ve que te han dado una buena paliza.

—¿Se me nota mucho?

—Es como si te hubiera pasado el metro por encima, pero tienes los ojos brillantes —dijo Míchel con una sonrisa de complicidad.

En ese momento se estaba subastando un Georges Braque. Con la voz modulada del subastador y los golpes de la maza en los remates se iban sucediendo los lotes, y al fondo había ocho azafatas conectadas por teléfono con coleccionistas que pujaban desde todos los puntos del planeta. Entre el público, los coleccionistas más voraces levantaban una cartulina blanca para marcar el nivel de su apetito. Los pactos previos parecían respetarse, de modo que el Degas y el Picasso, según el precio acordado en la suite del hotel Pierre, habían caído en manos del marchante libanés; el Cézanne había ido a parar por cinco millones de dólares al galerista de Colonia; el Renoir se remató por poco más del valor de salida en beneficio del señor Segermann.

En esta subasta había un cuadro de Vincent van Gogh cuya expectación en el mundo del arte había merecido una separata en el catálogo de Sotheby's. Se sabía que los representantes de una multinacional australiana de seguros estaban dispuestos a romper todas las barreras con tal de conseguirlo, y la noticia había llenado las páginas culturales de los periódicos durante una semana. La salida del Van Gogh fue acompañada de rumores y silencios en un clima de suprema elegancia, y cuando los australianos llegaron a la cima de los millones consabidos se produjeron aplausos entre la parte del público más proclive a las noticias de sociedad o de altas finanzas que a la verdadera pasión por el arte.

Sólo un pequeño grupo de conocedores de este mercado sabía que la verdadera energía de la subasta se concentraba en un dibujo de Matisse, el boceto del desnudo que aparece a la izquierda del cuadro *La alegría de vivir*. Entre los miembros de este escogido club de marchantes se había desencadenado una guerra abierta sin que ninguno de ellos fuera capaz de explicarse la causa, aparte de la belleza de la obra y de la literatura que la envolvía. Nadie sabía por qué ese dibujo despertaba tanta pasión, pero era tan fuerte que no podía separarse del odio más envenenado.

Míchel Vedrano había pujado por algunos lotes que estaban a su alcance, un Tàpies de materia, un móvil de Calder, una arpillera de Millares. En medio de una lucha entre tiburones, su forma de levantar la mano no dejaba de admirar a Betina, un poco sobrepasada por la fascinación de aquel ambiente donde el erotismo era casi sólido. En aquella sala de subastas ella sintió por primera vez la pulsión misteriosa de unir la vida y la belleza. En el público que abarrotaba la sala no despertó especial expectación la salida del Matisse, pero el olfato de Míchel Vedrano le hizo presentir una pugna más dura de la prevista, dado el cruce de miradas y los gestos de veladas amenazas que se dedicaban dos de los principales marchantes, el japonés Sakatura y el señor Segermann, quien tenía al lado a su guardaespaldas filipino. El japonés estaba sentado en la tercera fila y el marchante de Ginebra se había situado a media distancia a su espalda. Cuando la adolescente fue colocada en el caballete junto a la tribuna del subastador, un cono de luz cayó sobre ella y aquel trazo de tinta china adquirió una energía muy potente, aunque pocos espectadores tenían la altura espiritual para poder captarla.

—Parece una obra menor, pero puede enloquecer a cualquiera —murmuró Míchel.

—¿Conocías el dibujo? —preguntó Betina.

—Llevo años detrás de él. Este boceto lo compraría Luis Bastos. Es una joya ideal para su mujer.

Tan pronto el subastador dio el precio de salida se levantaron entre el público cuatro cartulinas a la vez, y en seguida comenzó una escalada en la que Míchel Vedrano sólo acompañó en el primer tramo a los grandes marchantes. Se retiró cuando aquella pequeña obra de Matisse rozaba un precio inasequible para él, pero la ascensión seguía y poco después ya habían quedado a solas el judío de Ginebra y el japonés de Tokio, que no se habían avenido a compartir esta pieza en el pacto del hotel. Las cifras se montaban unas sobre otras, la cartulina del japonés ejercía un movimiento sincopado con la del suizo y desde el caballete la adolescente de Matisse asistía con un aire de esplendor incontaminado a esta codicia cenagosa entre los dos rivales. Decenas de miles de dólares se superponían para formar cada peldaño, y tal vez por su rostro obcecado la mayor parte del público presentía la victoria del japonés Sakatura. Pero precisamente por este fervor delirante nadie advirtió la señal que el señor Segermann le hizo a su guardaespaldas filipino. Éste se metió con suma discreción la mano en el bolsillo interior de la chaqueta y quedó a merced de las órdenes de su amo.

Cuando el Matisse ya estaba alcanzando un precio insoportable para Segermann y el marchante Sakatura parecía que iba a ganar la puja, de pronto entre el público se produjo un murmullo de estupor al ver que el japonés se caía redondo al suelo. Primero se había echado la mano al cuello, luego desvarió la mirada y finalmente se desplomó. Estaba fuera de combate como un púgil que cae en la lona y el subastador hizo las veces de árbitro. Contó hasta diez y con un golpe de maza adjudicó la victoria de aquel combate al señor Segermann. La adolescente de Matisse quedó en su poder y Sakatura fue retirado en camilla. Todo el mundo suponía que le había dado un infarto a causa de la emoción, y aunque unos lo daban por muerto alguien comprobó que aún respiraba e incluso que lo hacía serenamente. Por fortuna, a muy poca distancia de Sotheby's, en la Calle 69, se hallaba el hospital Cornell Medical Center, por lo que la ambulancia tardó pocos minutos en llegar.

Cuando fue introducido en el hospital por la rampa de urgencias, el marchante japonés aún dormía sin dar señales de congestión alguna; a pesar de eso los médicos de guardia le sometieron a un encefalograma y a una exploración cardiovascular sin que hallaran nada anormal. Inconsciente en la camilla, respirando acompasadamente, el propio Sakatura y su secretaria norteamericana esperaron el resultado de los análisis de sangre.

—Este señor está perfectamente —dijo el médico.

—Y entonces ¿por qué no despierta? Le estoy hablando y no me oye, le agito y no responde. ¿Por qué está en coma? —preguntó la secretaria.

—No está en coma. Sólo está dormido.

—No entiendo nada. ¿Cómo puede uno dormirse de repente en el momento más apasionante de una puja?

—Este señor ha tomado un somnífero de efecto fulminante.

—¿Cómo puede ser eso? Yo le controlo todas las pastillas —dijo la secretaria.

—Cuando en la selva o en el zoológico se quiere dormir a una fiera se le dispara un calmante. Ese somnífero tiene efectos inmediatos, a veces más rápidos que un tiro en el cerebro o en el corazón. La sustancia que detectan los

análisis de este señor es la misma que se utiliza para neutralizar a las fieras.

—Mire, doctor. ¿Tendrá esto algo que ver? Mire esta pequeña herida.

—Efectivamente. Por aquí le han inoculado el somnífero. No creo que haya ninguna duda —dijo el médico después de examinar sucintamente el hematoma que rodeaba a aquel picotazo.

Dos horas después el marchante Sakatura despertó balbuciendo el nombre de Matisse. En un pasillo del Cornell Medical Center volvió en sí, se incorporó en la camilla y preguntó qué había sido de aquella adolescente.

—Se fue —dijo la secretaria.

Cuando Míchel Vedrano vio que el dibujo había caído en manos del señor Segermann sintió cierto alivio. De alguna manera aquella chica no les había abandonado, pero la forma con que se impidió que se fuera a Japón y que desapareciera como una novia raptada por otra tribu fue un hecho insólito que se realizó por primera vez en una subasta. Llegado el momento, cuando la pugna por conseguir a aquella adolescente de Matisse era más enconada, viendo que Sakatura parecía imbatible, Segermann hizo una señal a su guardaespaldas filipino, quien se colocó entre los labios un dardo con la punta impregnada con un somnífero fulminante, luego se sacó del bolsillo una cánula de bambú y sopló por ella apuntando al cogote del marchante enemigo. Sakatura sintió el picotazo, se llevó la mano al cuello y cayó a plomo dejando que el subastador, ajeno a este lance entre tiburones, diera con el mazo paso libre al señor Segermann en el remate.

A Míchel Vedrano le vino Julia a la memoria. Pensó en los nenúfares de Monet. Su suerte sólo pendía del humor del señor Segermann, con quien debería entrevistarse esa noche. Pero si Julia estaba condenada a morir en pocos meses tal vez el mejor regalo que su marido podría ofrecerle para coronar su agonía era este dibujo fascinante de Matisse. No está todo perdido si uno muere contemplando tanta belleza.

Después de la subasta, Míchel y Betina se fueron a almorzar a un italiano del Soho y ante una ensalada de acelgas con setas y queso parmesano ella le habló de la excitación que había experimentado en medio de aquella convulsión de pasiones.

—Es mucho más fuerte que el sexo —dijo.

—Si lo has descubierto el primer día es que tú sirves para esto —comentó Míchel Vedrano.

—¿Crees que se va a investigar el desmayo del japonés?

—En absoluto.

—¿Por qué?

—No se podría demostrar nada. Son cosas demasiado finas. En este mundo del arte aún se cometen crímenes renacentistas que no están homologados. No son crímenes, sólo son emociones.

4.

De pronto Julia había experimentado una recaída que ella atribuía a la depresión y aunque las encías le habían vuelto a sangrar, realmente no sentía ningún dolor concreto salvo una difusa desgana que la obligaba a pasar horas sentada en el porche con la mirada perdida en la pileta de los nenúfares, donde aún permanecía sumergido el anillo de brillantes. Después de varios días ni siquiera había tenido la voluntad de pedirle al jardinero que vaciara el agua para rescatar la joya, pero en medio de este abatimiento Julia acababa de recibir una llamada de Míchel Vedrano con una oferta muy sugestiva.

—¿Qué prefieres, un dibujo de Matisse o vivir una historia de amor? —le preguntó riendo.

—Luis está de viaje —contestó Julia.

—Lo sé.

—¿Con quién se supone que debo vivir esa historia?

—Luis me ha llamado desde Suecia y me ha pedido que te saque a cenar.

—¿Cómo es ese dibujo de Matisse? —preguntó Julia.

—Tan maravilloso como el amante que tú necesitas. ¿Qué te parece? —le dijo el marchante.

—Suena muy bien.

Habían concertado por teléfono que Míchel pasaría a recogerla a la caída de la tarde para asistir antes a una inauguración en la galería Marlborough. Era la primera vez que Julia se iba a medir con una clase de público compuesto por artistas, diletantes, coleccionistas e intelectuales, todos aglomerados en torno a los cuadros del pintor norteamericano Dick F. Thomas, que ella, por supuesto, desconocía. Ciertamente hizo un esfuerzo para estar animada y quiso ponerse guapa para la ocasión, pero después de pasar una hora en el baño maquillándose y de vestirse con un traje de chaqueta de Ungaro, la prenda más moderna que Julia podía exhibir era su extremada palidez, la cual convertía su belleza en algo inquietante. Cuando al pie del coche Míchel la vio salir tan cargada de joyas, no pudo evitar una sonrisa al considerar que Julia iba a parecer una rica demasiado evidente en medio de esa gente neurótica que se mueve alrededor del arte.

—¿Voy bien así? —preguntó ella con cierta coquetería.

—Vas maravillosa —la halagó Vedrano.

—No sé cómo hay que ponerse para estos casos.

—Tú eres muy lista y te darás cuenta en seguida.

—¿Qué quieres decir?

—Bueno, te sentaría mejor ir un poco más loca, pero no es grave.

Cuando llegaron a la Marlborough la sala se hallaba repleta y hubo que abrirse paso entre una masa compacta cuya atmósfera sofisticada y superficial contrastaba con las maneras demasiado clásicas de Julia, tal vez un poco anticuadas, aunque entrara acompañada del marchante más famoso de Madrid, quien la exhibía como un trofeo recién conquistado en medio de un público extravagante. Había chicas adornadas como aves del paraíso que se agitaban entre artistas rapados a la neoyorquina y seres extraños que lo mismo podían ser piratas a la madrileña, millonarios con buhardilla de diseño, poetas decadentes y algún vividor internacional. La aglomeración impedía ver los cuadros colgados en la pared y lo primero que Julia captó fue que esto no parecía importar a nadie. La gente se saludaba con un guiño, formulaba ligeros comentarios entre sí mientras cada uno trataba de descubrir por encima del hombro del interlocutor a alguien más interesante detrás o seguía emitiendo frases banales con la mirada puesta en la entrada o en algún famoso o mujer espectacular que hubiera cerca. Tal vez porque iba demasiado enjoyada Julia comenzó a sentirse observada al tiempo que avanzaba penosamente hacia el fondo de la sala, donde en un corro el pintor norteamericano Dick F. Thomas, autor de los cuadros, la directora de la galería y algunos amigos también siderales hablaban del artista pop Andy Warhol con una copa en la mano. Después de unos saludos formales con leves reverencias, Míchel presentó a Julia.

—¿Es tu nueva trucha? —dijo con cierto cinismo uno de aquellos elegantes.

—No es una trucha. Es sólo un barro maravilloso que he empezado a modelar.

—¿Qué es eso tan raro que me habéis llamado? —preguntó Julia un poco nerviosa.

—Nada que te pueda molestar. La trucha es un pez divino en este mundo del arte.

Con las consabidas sonrisas, Julia y su marchante fueron incorporados a la conversación de aquellos diletantes. Uno de ellos, que lucía una pluma de papagayo en el lóbulo de la oreja, continuó explicando aquella famosa inauguración de Andy Warhol en Filadelfia donde el artista descubrió que lo único importante de su obra eran las personas que llenaban la sala, cuyas paredes estaban completamente vacías. Por una confusión en el transporte, los cuadros no habían llegado a la galería y las invitaciones ya se habían repartido sin que hubiera forma de suspender el acto. El público fue llegando y al rato aquel espacio se convirtió en una especie de acuario lleno de seres galácticos y ninguno de ellos se apercibió de que las paredes iluminadas por los focos aparecían limpias, blancas, sin un solo cuadro. Era lógico puesto que aquella multitud de seres extraños, cada uno decorado de forma distinta y disparatada, no había acudido a la sala a ver pintura, sino a mirarse a sí misma en el espejo de los otros hasta sentirse sublime. Andy Warhol llegó cuando aquel público ya estaba ebrio de tanto beberse mutuamente en los ojos y al comprobar su felicidad desapareció su cólera contra la empresa de transportes que por error había llevado los cuadros a Chicago en vez de a Filadelfia. Incluso agradeció aquel percance al descubrir de repente, como en la más profunda inspiración, que su verdadera creación no eran aquellos óleos y serigrafías que ahora dormían embalados en el almacén de una galería equivocada. Sus verdaderas obras de arte eran aquellas criaturas vivas, nuevas, extrañas, que se movían de forma densa y gelatinosa por el espacio de la galería, de espaldas a las pare-

cer las galerías durante una inauguración, pero Julia fue atendida con mucha cortesía gracias a que llegó bien acompañada. El cuarto de baño estaba en la planta superior al fondo de la trastienda. Sin manifestar lo mal que se sentía, Julia subió y después atravesó un espacio lleno de embalajes estampillados en Nueva York, en Colonia, en Milán o en otras aduanas. Había en el amplio almacén muchos cuadros apilados del revés contra las paredes con etiquetas de galerías extranjeras en los lienzos y bastidores que indicaban los largos caminos recorridos por esas mercancías.

Era la primera vez que Julia entraba en un lugar como ése, un mundo de fantasmas ajenos a su vida, y ahora estaba a punto de vomitar. Presintiendo que no lograría llegar hasta el cuarto de baño trató de controlar su angustia y optó por sentarse en una de aquellas cajas de embalaje. Cerró los ojos y realizó una respiración controlada que había aprendido en las clases de yoga. Puso el rostro entre las manos y buscó serenarse a través del control mental. Así permaneció un tiempo. Cuando poco después levantó la cabeza y abrió los ojos a la penumbra del almacén descubrió que a su lado había de pie una escultura de bronce que antes no había visto. Representaba la figura de un caminante desnudo. De repente se sin-

tió aliviada y buscó la forma instintiva de pro-
longar esa sensación de bienestar acariciando
aquel bronce tan estilizado.

No sabía que era un Giacometti. Un poco más tranquila, pero no del todo recuperada
de la angustia, pasó la mano repetidas veces
por aquella escultura y luego se besó las yemas
de los dedos, incluso se las chupó levemente
tratando de absorber toda su misteriosa belleza
que no comprendía. Julia recobró la energía e
incluso experimentó cierta euforia instantánea
que la impulsaba a imaginar cosas. Allí sentada junto a la escultura percibió lo maravillosos
que eran los cuadros viéndolos sólo por detrás,
sin saber qué figura o paisaje contenían. La trama de la tela llena de signos y firmas le pareció muy sugestiva. Sin saber por qué, asoció
su repentino bienestar a la atmósfera que se respiraba en aquel almacén. Pensó que muchas
de aquellas obras de arte incomprensibles para ella podrían valer millones pero estaban allí
elegantemente arrumbadas, y se imaginó mo-
viéndose un día entre ellas con naturalidad una
vez asimiladas y convertidas en una clase de
belleza interior.

Ya totalmente recuperada entró en el
cuarto de baño y frente al espejo se vio muy pálida, bastante atractiva, pero demasiado recar-
gada de joyas. Tuvo una inspiración. De forma

compulsiva se arrancó los pendientes de esmeraldas, la gargantilla, las pulseras, el reloj de oro y los demás colgajos. Tampoco le gustaba la chaqueta tan seria de Ungaro. Se despojó de ella, la dejó olvidada en el suelo y quedó en top de seda con los hombros desnudos y las clavículas muy marcadas. Se limpió el maquillaje y después de lavarse la cara con agua fría y enfrentarse de nuevo con su palidez se sorprendió de lo bien que se sentía tan desnuda con el pelo suelto.

Julia no supo que al volver a la sala su rostro, en el que se dibujaba la muerte, había comenzado a causar admiración entre el público. Sus ojeras oscuras hacían juego con la incierta tonalidad azulada de su piel, y esa extraña lividez fue tomada por una nueva línea de maquillaje lanzada por alguna casa de modas. Ahora comenzó a ser requerida por algunas miradas absorbentes mientras volvía con su amigo.

—¿Qué te ha pasado? —preguntó al verla a su lado el marchante.

—Me he sentido un poco mareada. Ya estoy bien —contestó Julia.

—Me refiero a qué te ha pasado en la cara. No pareces la misma.

—Estás guapísima. ¿Qué te has puesto? —le preguntó la galerista.

—Me he quitado las joyas.

—Mejor así. Nada de metales. Sólo tú —exclamó eufórico el pintor norteamericano.

—En la trastienda he visto una escultura. Voy a decirle a mi marido que la compre.

—¿El Giacometti? —preguntó la galerista.

—No sé de quién es. Me gusta. Parece muy misteriosa. Una se siente bien a su lado —dijo Julia.

Míchel Vedrano consideraba que Julia era de su propiedad. Para un marchante una trucha es un comprador de arte que en cierto modo te pertenece, al que le marcas los gustos y gobiernas su amor o impulso de coleccionista. Míchel había llevado a Julia a una inauguración de pintura para que fuera aprendiendo ciertos gestos que sólo se asimilan a través de una atmósfera. El arte tiene un ritual específico. Hay que saber estar con naturalidad al lado de la pintura, pero Míchel se dio cuenta del error que había cometido al regalar una clienta a la competencia y trató de neutralizar el interés de Julia por la escultura de Giacometti cuando ésta le miró como pidiendo su aceptación. También Míchel y la directora de la galería intercambiaron un gesto de profesionales dando por entendido que la comisión es sagrada y sería respetada. Míchel trató de desviar la conversación, pero Julia insistió en que iba a traer a Luis para que viera la escultura y los cuadros de la trastienda.

—¿Queréis venir a cenar con nosotros? —preguntó la directora de la galería.

—Depende —contestó Míchel Vedrano.

—Hemos reservado mesa en un restaurante muy divertido. Los camareros insultan a los clientes a gritos como un juego y además cantan ópera.

—¿Y no te tiran el consomé por la nuca?

—No creo que lleguen a tanto.

—Entonces, no vamos, nosotros necesitamos emociones más fuertes, ¿verdad, Julia?

Era evidente que Míchel Vedrano quería apartar a Julia de aquella cena de artistas que se iba a celebrar después de la inauguración porque consideraba peligroso que entrara en ese mundo sin estar por completo sometida a su voluntad. El marchante se había preparado para una velada en un restaurante con ambiente propicio con el fin de deslumbrar y a la vez adoctrinar a esta coleccionista primeriza, pero tener que enamorar a una joven casada muy atractiva que estaba clínicamente desahu-

ciada sólo por complacer a un marido al que
no quería perder como cliente le parecía demasiado complicado, ya que Míchel tampoco
era un maestro en psicología amorosa. Para esa
cena que había previsto celebrar a solas tenía
preparada una estrategia retórica muy clásica:
tratar de seducir a esa mujer haciéndole muy
atractivo el abismo. Le insinuaría que se había
enamorado de ella y que ese vértigo del pecado
le había devuelto la pasión de vivir. Estas palabras turbias pronunciadas suavemente entre
dos luces al oído de una mujer que se aburre
suelen producir un efecto devastador. También
le diría que era muy atractiva, que si ella quería
estar a la altura de las obras de arte que com-
praba debía primero aprender a traspasar cualquier barrera moral, porque el arte está más allá
de toda culpa y ninguna mujer que no lleve
una doble vida puede ser interesante.

Fueron unos pensamientos vanos puesto
que Míchel no podría decirle estas banalidades
de conquistador en presencia de testigos, porque
en medio de la multitud de la galería, cuando
la pareja ya estaba a punto de abandonarla, se
encontró con la bronceada Betina, que iba con
un amigo italiano y no hubo forma de evitar que
ambos se sumaran a ellos el resto de la noche.

A la salida de cualquier exposición de
pintura entre los amigos en la acera se suele

formular la pregunta más profunda y angustiosa de la moderna cultura: dónde vamos a cenar. Tal vez lo último en dietética es elegir el restaurante según el modelo de ropa que uno lleve. Después de algunas dudas que se alargaron casi media hora los cuatro fueron optando primero por un restaurante indio, luego por uno japonés, por uno indonesio, y una vez agotados por tanta indecisión estética la dinámica Betina por fin se apoderó de los mandos y los llevó a un local exótico lleno de mucamos bellísimos que servían casi en tinieblas comida tailandesa bajo distintas vaharadas de perfumes pastosos.

En el restaurante tao había velas y copas altas y pesados manteles de mesa camilla, una decoración abigarrada de fuentes interiores, plantas carnosas, cotorras y peceras con pequeños monstruos marinos. La oscuridad hacía que los cuatro comensales de aquel rincón protegido por una enorme diosa oriental de varios brazos pudieran decir cualquier frivolidad sin que se notara el rubor. También convertía el rostro de Julia, tocado por una muerte muy próxima, en una máscara delicada, fascinante, que se correspondía con la deidad que tenía a la espalda. Apenas sentados los cuatro a la luz de las velas, después de pedir una ensalada que inventaron los cocineros en un templo budista, Julia comenzó un juego con Betina:

—¿Qué te gustaría más, un dibujo de Matisse o vivir una historia de amor? —preguntó.

—Cualquier mujer prefiere vivir una historia de amor. Y más si está deprimida —contestó Betina sin pensarlo demasiado.

—¿No se pueden tener las dos cosas? —dudó el italiano.

—Hay que elegir —dijo Julia.

—Yo elegiría el dibujo de Matisse —intervino Míchel Vedrano.

—¿De veras? ¿Tan importante es ese pintor? Yo estoy enamorada de Luis. Realmente no sabría qué hacer. Dejaría que opinara él.

—¿Como coleccionista o como marido? —preguntó Betina.

—No sé. Creo que tengo todavía mucho que aprender —contestó Julia.

—No te tortures, querida —dijo Betina—. Si es Míchel quien te ha hecho esa pregunta, no dudes que puedes tener las dos cosas.

Míchel Vedrano era consciente de la situación tan peligrosa en que se metía. Por una parte sabía por experiencia que las pasiones, cuando son muy absorbentes, se excluyen unas a otras. Él sólo quería vender cuadros. De momento se limitó a compartir con los amigos un manjar de nombre incomprensible mientras escuchaba la conversación procaz que Betina y su último amante estaban desarrollando entre muchas risas. Sin duda esos pormenores de cama del guapo italiano con una recién casada, la descripción anatómica del negro Nelson, las clases de orgasmos según su intensidad que Betina explicaba con todo detalle habían creado un clima muy erótico y divertido en la mesa, y tal vez fue por eso que Julia, al pasarle a Míchel un platillo con la salsa de soja, aprovechó para acariciarle instintivamente la mano después de que él la mirara con cierta intensidad a los ojos. Existe una regla de oro que este hombre a su edad ya había aprendido: si una mujer te toca al hablarte es que te abre un camino, si una mujer no te toca jamás debes perder toda esperanza de poseerla.

Aunque Míchel Vedrano, a sus cincuenta y siete años, tenía un cuello largo, la mandíbula cuadrada de predador, el pelo plateado que le tapaba las orejas y un cuerpo todavía flexible, se sentía fuera de lugar en un restaurante como éste lleno de jóvenes de belleza provocativa. Era un hombre de mundo, con una pátina adquirida en hoteles de lujo, pero sobre todo tenía ese esplendor que deja en un ser el haber manejado muchas obras de arte. Por primera vez después de tanto tiempo pensó que no estaría mal excitarse un poco y probarse a sí mismo, ya que este juego que había iniciado con Julia le había sacado de su elegante desgana después de su divorcio. Sabía de sobra que a cierta edad no es que las mujeres no te miren, es que ni siquiera te ven, y esta invisibilidad Míchel ya la había experimentado al acudir a ciertas fiestas de sociedad. Sentirse transparente ante una mujer en realidad es estar ya muerto, pero Míchel quiso hacer el último esfuerzo de seducción aunque sólo fuera para poder vender unos nenúfares de Monet y un dibujo de Matisse.

En aquel restaurante que practicaba una comida fusión oriental la primera obligación era sentirse joven y atractivo y después no morir envenenado, si bien esto parecía secundario. Míchel odiaba hacer el ridículo. Hacía años que era siempre el más viejo en cualquier sitio adonde fuera, pero la media tiniebla de este restaurante le favorecía. Fue antes de que un bello adolescente indochino sirviera el sorbete de mango cuando Julia rozó tal vez sin querer la pierna de Míchel con su rodilla, y éste notó que ella mantenía la apuesta con los ojos risueños esperando que él reaccionara. Realmente Julia estaba muy excitada porque Betina no había cesado de hablar durante toda la cena de sus experiencias sexuales con diversos amantes, sobre todo con el negro Nelson, también de sus fantasías, y a los cuatro les favorecía la risa y penumbra.

—A veces imagino que un hombre maduro se me aparece paseando el perro por mi calle. No lo conozco de nada. Me coge. Me sube a casa, por la escalera vamos los dos a gatas y me folla sobre el felpudo. Otras veces sueño que estoy en un castillo bajo una tormenta y que allí, en una cama antigua, me poseen varios tíos buenos que me hacen de todo.

—¿Cómo puedes ser tan descarada? —le dijo Julia a Betina con un falso reproche incitándola a adentrarse más en esa ciénaga.

—¿Y tú?

—¿Yo? —contestó Julia escandalizada.

—¿No has sido infiel todavía a tu marido?

—Luis me mataría si se enterara.

—¿Y cómo puedes privarte de esa emoción? No todos los maridos te dan la oportunidad de morir en brazos de un amante —dijo Betina.

Un juego tan antiguo como ese leve roce de las rodillas por debajo de la mesa que se buscan y se hurtan para volverse a encontrar estableció entre Julia y Míchel una corriente alterna que fue creciendo en intensidad a medida que la conversación, después de abundar en las distintas formas del orgasmo, derivó hacia el cuadro de Monet que estaba depositado en la cámara acorazada de un banco. Era una sensación nueva. Sobre el mantel de la mesa vagaban las palabras formales entre un marchante y una coleccionista acerca de la calidad de la obra, de los matices de color, de la importancia de ese pintor impresionista, de la excelente inversión que suponía comprar ese cuadro por trescientos millones, pero por debajo de la mesa discurría otra clase de pasión y ni Julia ni Míchel hubieran sabido decir cuál de las dos les excitaba más. Ella se sentía feliz con ese leve coqueteo. De hecho, su depresión se había esfumado y dentro del mareo que le había proporcionado el pacharán aún atribuía esta sensación de felicidad al efecto de aquella energía misteriosa que le había transmitido la escultura de Giacometti. En este estado la llevó Míchel a casa, donde Julia debería enfrentarse de nuevo a la soledad.

—Luis está siempre de viaje y yo me pierdo en ese maldito caserón —dijo Julia en el coche—. La otra noche me dolía la cabeza, eran las tres de la madrugada, me levanté desnuda de la cama para ir por un calmante a la cocina y de pronto en la vuelta de un pasillo tropecé con una criada que iba por lo mismo. Las dos dimos un grito y salimos huyendo llenas de pánico en dirección contraria.

—Pídele a Luis que te lleve de viaje con él —dijo Míchel cogiéndola de la mano.

—No quiere —explicó Julia.

—Podemos ir los tres juntos a París alguna vez —dijo Vedrano.

—Sé muy bien lo que Luis espera de mí. Cuando regresa de sus negocios por el mundo sólo quiere que yo le prepare una buena comida, que me ponga muy guapa y después en la cama que le ofrezca algo especial. Cada noche me pide una cosa distinta. Yo no sé qué hacer ya por complacerle. No se me ocurre nada más.

—Engáñale.

—No sé cómo se hacen esas cosas.

—Engañar a un marido es de lo más sencillo. Tal vez le guste —murmuró el marchante.

—Estás loco.

—Dale celos. Si sabes manejar ese arte no se alejará nunca de tu lado.

—¿Tú crees que eso le excitaría aún más? —preguntó Julia pasándose por la boca la barra de labios.

Mientras la mujer se quejaba de su abandono dejaba que Míchel le acariciara el cuello y luego la nuca por debajo del pelo mientras conducía el Mercedes a poca velocidad por la autopista en dirección a La Moraleja. Cuando llegaron a la cancela de la mansión, antes de bajar del coche, Julia invitó al marchante a tomar la última copa y lo hizo de un modo casi ritual. Míchel aceptó. A esa hora de la noche las criadas ya se habían retirado y la casa estaba a oscuras. Julia fue abriendo luces hasta llegar al salón y antes de acercarse al carro de los licores ella de repente se descalzó con un gesto de gran soltura lanzando por los aires cada zapato y le dijo a Míchel que también se pusiera cómodo. Desde la fiesta del Picasso, iba ya para dos meses, el marchante no había vuelto a la mansión de Luis Bastos, y mientras Julia preparaba un gin-tonic para cada uno echó una mirada a las paredes del salón y se sorprendió al ver que en ellas unos cuadros de firma ya habían sustituido a las antiguas estampas de ciervos y reproducciones de castillos. Al parecer Luis había comenzado con bastante furia el coleccionismo de pintura, y en cierto modo el marchante se sintió traicionado.

—Veo que habéis comprado más cuadros —comentó Míchel.

—Luis no sabe dónde meter el dinero. Todo el mundo dice que es una buena inversión.

—Bueno, sin duda así es, pero hay que saber hacerlo. Es como en todo. Este mercado está lleno de sinvergüenzas.

—¿A qué te refieres? —dijo Julia acercándole la copa.

—Hay muchos cuadros falsos o robados o simplemente malos. Por mucho dinero negro que uno tenga no hay por qué tirarlo. Hay mucho golfo en este oficio.

—No me asustes —exclamó Julia.

—¿Sabes una cosa? Estoy un poco celoso —dijo Míchel.

—¿Por qué?

—Creí que era vuestro asesor. Veo que habéis ido merodeando por algunas subastas y anticuarios.

—No es así. Es gente que llama para ofrecernos cosas. Desde que se han enterado de que Luis compra cuadros el teléfono no deja de sonar.

En la pared del salón había una reunión de obras adquiridas sin ningún criterio. Junto a un Tàpies de papel había un bodegón flamenco muy restaurado; un paisaje con cabras de Benjamín Palencia convivía entre una abstracción de un desconocido y una acuarela de Chagall, a simple vista falsa, que representaba a un asno y a un violinista flotando en el aire, y además en aquel espacio aún había uvas de resina, un par de lámparas cuyo soporte era un chino de alabastro y algunos cuadros de refrescantes cataratas impuestos por el mal gusto del decorador.

Mientras bebían el gin-tonic en el sofá Míchel tuvo la tentación de abrazar a Julia sin más preámbulos, pero en el último momento se contuvo por miedo a crear una situación embarazosa si ella lo rechazaba. No obstante, estaba decidido a establecer con ella un lazo erótico porque era la única forma de mantener a la pareja como clientes exclusivos y que no se le escaparan hacia otros marchantes o galerías. Cuando Míchel distraídamente le puso la mano sobre el muslo, Julia se la acarició sonriendo y de pronto sin soltarla se levantó del sofá.

—Ven a ver lo último que hemos comprado —le dijo arrastrándolo tras de sí.

—¿Adónde me llevas? —preguntó Míchel.

—Ven.

Julia llevó al marchante de la mano por un pasillo hacia la habitación de invitados donde estaba la cama de la reina Isabel. Prendió la luz de la mesilla, que era también de anticuario, y luego levantó la pantalla rosa para iluminar un cuadro que había en la pared encima del cabezal. Era un *Descendimiento de la Cruz,* del taller de Van der Weyden, de una calidad extraordinaria. Aun a la débil luz de la lámpara, Míchel descubrió en seguida que aquella tabla se conservaba muy pura y el rostro de la Virgen tenía dos lágrimas en las mejillas que resaltaban su belleza junto con la expresión de dolor.

—¿Te gusta?

—Mucho —contestó Míchel con énfasis.

—Cuando me siento mal me encierro en esta habitación y me tumbo aquí bajo este cuadro —dijo Julia sentándose en el borde de la cama.

—¿Cuándo lo habéis comprado?

—Hace unos días tuve una fuerte recaída en la anemia. No podía ni caminar de tan cansada que estaba. Llamamos al médico de urgencia y me mandó unas vitaminas que no sirvieron de nada, pero esa misma tarde vino a casa un tipo con este cuadro, y Luis, para ver si me animaba, lo compró.

—¿Quién era ese tipo?

—Un gitano del Rastro.

—¿Y qué pasó?

—Nada de particular. Pasé una tarde muy distraída viendo cómo discutían el precio. Mientras ellos hablaban de dinero yo contemplaba el rostro de dolor de esa Virgen. Me consoló bastante. Porque yo no estoy bien, ¿sabes? Luis no para de jurarme que lo mío no es nada, un poco de anemia, falta de minerales, lo dice para animarme cuando me siento decaída, pero yo tengo un presentimiento.

—¿Qué quieres decir? —preguntó Míchel sentándose a su lado en la cama.

—Sé que estoy grave —dijo Julia de pronto con expresión muy seria.

—No digas bobadas.

—De verdad. Lo noto en los ojos de mi marido y en los de algunos amigos.

—¿Qué amigos?

—Dime la verdad, Míchel, ¿mi enfermedad es muy grave? Desde que hemos salido esta tarde has pasado todo el tiempo preguntándome eso con la mirada. ¿Es cierto que me voy a morir? —preguntó Julia a punto de llorar.

—No es cierto. Eso son cosas de tu depresión —dijo Míchel mientras la abrazaba con suavidad y ella reclinaba la cabeza en su hombro.

—¿Lo crees de verdad?

—Estoy absolutamente seguro, Julia.

—Si estoy muy mala quiero saberlo —dijo ella con las mejillas húmedas por las primeras lágrimas.

A pesar de todo en ese momento se sentía bien. Había pasado una velada agradable e incluso estaba con la cabeza un poco perdida a causa del alcohol y el clima erótico que Betina había establecido durante la cena. Ambos permanecían sentados en silencio al borde de la cama y Míchel presentía que si empujaba un

poco su cuerpo ella cedería sin ningún recha-
zo, pero se limitó a besarle los ojos para bajarle
las lágrimas hasta los labios, a los que después
de besar profundamente dejó mojados y un poco salados.

—¿Sabes? Lloras muy bien. Pareces una
Virgen de Van der Weyden.

—¿De veras? —exclamó Julia sonriendo con cierta amargura.

—Y eres bellísima como ella. Te lo juro. Mírala.

—No debes decirme esas cosas, Míchel.

—¿Por qué?

—Eres muy atractivo. Lo sabes, ¿no? Te
lo habrán dicho muchas mujeres. No sé qué
sería de mí si empiezo a quererte.

—Vamos a intentarlo —propuso Míchel.

Este hombre maduro supo controlar los
sentimientos de Julia sin olvidar su propio interés y así la tomó en sus brazos, le fue acariciando con la yema de los dedos todo el perfil de su rostro, le forzó ligeramente el dibujo
de su boca para dejarla entreabierta, luego la
atrajo hacia sí por la nuca y le dio otro beso
medido, estudiado y carnoso aunque sin abandonar un cariz protector. Julia respondió de
forma indecisa a estas caricias y también besó
a Míchel con lentitud sin hurtar la lengua. Mí-

chel le acarició los senos por encima del top de seda donde apuntaban los pezones temblando, y ella se dejaba hacer, pero algo se cruzó en su mente porque de pronto apartó los labios y murmuró:

—He olvidado la chaqueta de Ungaro en el lavabo de la galería.

—No es grave —dijo Míchel.

—Mañana tendré que volver a por ella. Aprovecharé para preguntar el precio de aquella escultura.

—Tú verás lo que haces. Piénsalo bien.

—¿Puedo hacerte una pregunta?

—Qué.

—¿Tratas de seducirme para que te compre cuadros sólo a ti?

—Naturalmente —dijo Míchel con ironía.

Entre ellos la seducción había quedado en un punto ambiguo. Al pie de aquella tabla flamenca, sentados al borde de la cama real, Julia y Míchel también habían compuesto una Piedad, sólo que esta vez no era la Madre la que contemplaba en su regazo al Hijo Crucificado, sino un hombre maduro quien tenía en sus brazos a una joven y hermosa mujer herida de muerte. Esa noche estos amantes iniciáticos se despidieron en el jardín sin que su pasión hubiera ido más allá de aquellas simples caricias en la habitación de invitados, y al quedarse sola y descalza en la hierba Julia no supo descifrar si había sido seducida o sólo consolada por aquel hombre.

Desde que los primeros análisis emplazaron a Julia ante la muerte no había dejado de correr la cuenta atrás. Habían pasado ya cuarenta días con sus noches y por una simple intuición se había ido percatando de que algo siniestro se cernía en torno a ella, pese al falso informe que guardaba en un cajón del vestidor bajo la protección de la mujer desconocida de Picasso. El hematólogo le había pronosticado tres meses de vida, y esta opinión había sido contrastada y confirmada por otros doctores de clínicas de Zúrich después de estudiar los análisis auténticos. Durante ese tiempo Julia había tenido altibajos en el estado de ánimo, pero salvo dos caídas profundas de la anemia que la tuvieron en cama no podía decir que se sintiera del todo mal porque de pronto, sin que nadie se explicara la causa, recobraba la energía y volvía a ser esa joven espléndida llena de fuerza vital. Así se sentía esa noche después de despedir a su amigo. Se quedó feliz mirando la pileta que contenía en su interior la luna llena diluida en sombras y se prometió que mañana mandaría al jardinero que vaciara el agua para rescatar el anillo de brillantes.

Por su parte, Míchel llamó al señor Segermann a su oficina de Ginebra. Los nenúfares de Monet todavía estaban inmovilizados en la caja de un banco en Madrid a la espera de que el judío internacional despejara a los intermediarios. No era un problema fácil de resolver. Míchel Vedrano quería ofrecer el cuadro limpio a Luis Bastos sin un sobreprecio excesivo, y por otra parte cobrar el Monet era la condición que el señor Segermann había impuesto a Míchel antes de darle a vender el dibujo de Matisse.

5.

Para tratar de deshacer el nudo de intermediarios que se había formado alrededor del Monet, el marchante Vedrano invitó a Betina a una marisquería. Betina era el último cabo de esta madeja. Míchel Vedrano había recibido de sus manos el cuadro, y ella a su vez lo había tomado del director de la sucursal de un banco donde su papá era consejero. A este director de sucursal se lo había entregado en comisión de venta doña María Sacramento, una marquesa chamarilera amiga de anticuarios y corredores de cuadros, uno de los cuales era un viejo y atildado impostor de Barcelona, señor Federic Palmer, quien haciéndose pasar por asesor en inversiones de arte de una compañía petrolífera tenía entrada franca en la galería de la Rue de Seine de París. El libanés Morabíw, que regentaba este establecimiento, había aceptado en depósito el óleo de Monet para placearlo en el mercado de parte de su propietario, el suizo Segermann. Una gran pieza de arte puede recorrer oscuros laberintos antes de llegar a la pared del último coleccionista donde finalmente reposará después de un fatigoso camino, a lo largo del cual mucha gente habrá logrado nutrirse de su energía.

El señor Palmer había puesto el Monet en el circuito. Este comisionista que vestía siempre de forma impoluta, con chaqueta de espiguilla, pantalón de franela gris y zapatos ingleses, había embaucado con mucha labia al dueño de la galería de la Rue de Seine jurando por su honor que el cuadro estaba ya prácticamente vendido. Sólo necesitaba tenerlo en su poder tres días para presentarlo ante el consejo de administración de la compañía petrolífera.

—Señor Palmer, el cuadro vale trece millones de francos. Espero tener ese dinero dentro de diez días, no más tarde. ¿De acuerdo? Firme este recibo —le dijo el galerista.

—Descuide.

—¿Puedo hacerle una pregunta?

—Hágala —consintió el señor Palmer.

—¿Existe realmente esa compañía de petróleos o es otro de sus sueños de grandeza?

—¿Le he fallado alguna vez? Este negocio se basa en la confianza mutua, ¿no es cierto? Le he dado a ganar a usted ya algunos millones —afirmó rotundamente el señor Palmer.

En lugar de presentar el cuadro al hipotético cliente, un jeque árabe, que según su juramento vivía en el hotel Crillon, el impostor catalán desclavó la tela del bastidor y se trajo a España los nenúfares de Monet en el tren *Puerta del Sol* camuflados en un gran paquete de quesos brie cuyo fuerte olor a pies llenaba el compartimento hasta hacerlo tan irrespirable que ni el propio revisor osó entrar en él para picarle el billete. Este comisionista había inventado esta fórmula para distraer la atención de los inspectores mediante una descarga de olor que desviara su olfato como se hace con los sabuesos. De bajada hacia Madrid utilizaba los quesos franceses más pestilentes y de subida hacia París se servía de embutidos ibéricos y salazones para enmascarar el trasiego de obras de arte. Nadie podía imaginar que una carga de lomos y chorizos pudiera cubrir una tela impresionista y menos en la maleta de un anciano tan elegante como el señor Federic Palmer, quien esta vez ya a salvo en Madrid, después de montar de nuevo el marco en el bastidor, depositó el Monet con un sobreprecio de doce millones de pesetas en el salón de la marquesa castiza que vivía en un caserón del barrio de los Austrias.

—Aquí tienes lo que te prometí, no lo quemes, júrame que no lo enseñarás a nadie más que a tu cliente —le dijo con el dedo en alto el señor Palmer.

—¿Te he engañado alguna vez? ¿No te he hecho ganar millones? —se molestó doña María Sacramento.

—¿Cuánto vas a pedir? Por Dios, no vayas a hincharlo demasiado.

—¿Qué te parece si le cargo cinco millones? —insinuó la señora pellizcándose la tercera papada donde le colgaba un crucificado de oro.

—No seas animal, marquesa. Confórmate con tres —contestó el señor Palmer.

—Fíjate en este palacio. Se me está cayendo encima. Algo tendré que hacer para conservar esta ruina de mis antepasados. Por cierto, la semana que viene voy a dar una fiesta con tortilla de patatas para presentar un cuadro de Ribera el Españoleto, un bufón espléndido de su mejor época. Espero que no faltes. Van a venir políticos, escritores y algunos cantaores que me trae Vedrano. ¿Le conoces?

—¡Claro! ¡Quién no conoce a ese playboy! Pero, júrame una cosa... —volvió a insistir el señor Palmer.

—Descuida, que no voy a quemar el cuadro.

No todos los días tiene uno en su poder un Monet siendo una chamarilera de segunda.

Para acrecentar su prestigio en el mercado de reventa la marquesa tardó sólo una hora en pregonarlo entre galeristas, anticuarios y comisionistas, de modo que los nenúfares corrieron de viva voz y de mano en mano por Madrid antes de caer en las garras de Alvarito Ayuso de Erice, director de sucursal del banco en cuyo despacho tenía montado por propia cuenta un negocio paralelo de compraventa de cuadros para clientes dispuestos a invertir en arte. En las butacas de la sala de espera podían verse cada mañana tipos de extraño pelaje, gentes del toro, bohemios del espectáculo, señoritos alcoholizados del barrio de Salamanca y algunos arribistas con proyectos desaforados deseosos de ser recibidos por este director, a quien la luz mágica del arte le había roto la mente, según él mismo decía. Esto no le impedía hacer saltar varios millones por los aires en cinco minutos dándole un pase a cualquier cuadro. Como director de sucursal ganaba doscientas mil pesetas al mes de aquella época, pero en un armario del despacho tenía óleos de enorme valor que a veces multiplicaba por dos en un momento de inspiración, cosa que sólo dependía de la ignorancia o codicia del comprador que tuviera sentado frente a su mesa.

La marquesa llegó empapada de sudor al banco cargando con el Monet y sin respetar el turno de las visitas que esperaban en la antesala asomó la cabeza por la puerta del despacho. Para Alvarito Ayuso nada era más excitante que ver llegar a un proveedor de arte con alguna pieza. Por eso en cuanto doña María Sacramento fue avistada, el director solventó en medio minuto el problema que le estaba planteando un cliente, al que concedió sin más dilación el crédito que pedía y a continuación lo sacó del despacho empujándolo con amistosas palmadas en la espalda mientras sonreía ya abiertamente a la marquesa para darle entrada franca sin respetar la cola.

—¿Qué me traes esta vez? —preguntó el director cerrando la puerta.

—Caza mayor. Un catorce puntas —dijo la marquesa.

—No quiero ningún falso más aquí. ¿Lo sabes, no?

—No hables así antes de contemplar esta maravilla —dijo ella quitando la manta que cubría la obra maestra.

Cuando Alvarito Ayuso de Erice vio el lienzo de Monet recostado en el tresillo tuvo el consabido reflejo condicionado. Primero dio un rugido de tigre; luego abrió el dictáfono y con el alarido de euforia reservado para los grandes acontecimientos mandó a su secretaria que se presentara de inmediato.

—¡¡¡Anita!!!

—Sí, director.

—¡¡¡¿Qué coño haces que no estás ya aquí?!!!

La secretaria sabía perfectamente que al entrar en el despacho encontraría a su director tirado en su sillón simulando un ataque con la lengua fuera y los ojos cerrados, con un brazo tendido y un pañuelo en la mano y ella debería actuar como siempre, de modo que esta vez también sacó de un cajón un frasco de colonia lavanda, empapó el pañuelo y después de pasarlo varias veces por la frente, las mejillas y el cuello de Alvarito comenzó a darle masajes en la espalda sin dejar de rozarle alguna vez la nuca con sus rebosantes pechos.

—Mira esto, Anita, mira qué obra de arte. Creo que me voy a correr —murmuraba mientras tanto Alvarito Ayuso.

—Por Dios, director —dijo la secretaria falsamente escandalizada.

—Cualquier día mando a tomar por culo este jodido banco. No puedo soportar que haya tanta belleza fuera y yo esté metido en esta pajarera sin poder volar. ¿Sabes? Yo soy un artista —repetía en voz baja el director como poseído por un extraño demonio.

—¿Quién ha pintado esas flores? —preguntó la secretaria.

—Monet —dijo la marquesa.

—¿Monet? ¿Quién es ése?

—¿Qué dices, idiota? ¿No sabes quién es Monet? —gritó Alvarito fuera de sí saltando del sillón.

—Tiene nombre de ciclista —dijo la secretaria con mucha soltura.

Esta vez le pudo la vanidad de tener un Monet en sus manos y quiso que el consejero del banco Sabino Esteva lo supiera. Alvarito le mandó recado y poco después el alto cargo bajó de la séptima planta hasta el despacho de la oficina principal y se fumó un pitillo frente al cuadro en silencio. No es que los nenúfares de Monet le deslumbraran, ya que este banquero tenía invertida toda su sensibilidad en el otro arte de ganar dinero, pero no dejó de sentir la vibración que se desprendía de aquella tela.

—Yo no entiendo de estas cosas, pero me gusta. ¿Son coliflores? —preguntó el consejero.

—Son unos nenúfares increíblemente bellos —exclamó Alvarito.

—¿Me permites que diga una cosa?

—Claro, claro, don Sabino.

—Están muy bien esos nenúfares. Pero a ti te veo muy mal. Este juego que te traes es bastante peligroso, ¿sabes? —le dijo el consejero.

—¿Cuál es el peligro?

—No sé si es legal lo que haces, ni me importa, pero parece que te has vuelto loco. Te veo demasiado genial para ser un simple empleado de banco.

—¿Genial? —repitió Alvarito lleno de orgullo.

—Por cierto —dijo el consejero—, mi hija Betina acaba de conocer a un marchante famoso que tiene algunos clientes importantes. ¿Por qué no la llamas? Podríais hacer algún negocio juntos.

Betina Esteva trabajaba de broker en el departamento de Bolsa del mismo banco. Era una de esas nuevas panteras de piernas firmes que desde las diez de la mañana hasta las cinco de la tarde, el tiempo en que funciona el mercado de valores, balancea sin cesar la cabeza de uno a otro omoplato donde tiene colgados sendos teléfonos y de cada movimiento de cuello arranca una orden de venta o de compra por no menos de cien millones. Betina acababa de conocer a Míchel Vedrano en la fiesta de presentación del Picasso en la residencia de Luis Bastos en La Moraleja, y para quedar bien ahora con su jefe Alvarito Ayuso la había metido en el mercado entregándole el Monet con el que ella esperaba ganar otros cinco millones de un bocado en la que sería su primera operación.

De repente se había producido un cortocircuito. Después de que la cadena de especuladores recalentara el cuadro, finalmente Vedrano había tratado de venderlo al propio dueño, el señor Segermann, en una escena que había llenado de bochorno a ambos, pero el judío era un gran profesional y ya había llegado a un pacto de caballeros con el marchante para echar fuera de la pista a aquella bandada de intermediarios como se hace en las carreras de bólidos. De hecho, el señor Segermann ya había llamado a la galería de París conminándola a que le devolviera la pieza en el plazo de tres días bajo la amenaza de llevar el asunto a los tribunales. A causa de esta presión habían comenzado a sonar los teléfonos hacia abajo, y ahora Míchel Vedrano trataba de controlar el cuadro para que no se le fuera de las manos en su retorno a Suiza, y con ese fin había invitado a su amiga a una mariscada en el restaurante Bajamar.

—¿Hace mucho que no ves a Julia? —preguntó Betina mientras partía con unas tenazas las patas a una centolla.

—Desde la exposición de la Marlborough —contestó Vedrano.

—He sabido que está muy enferma. Si es cierto el rumor que corre no creo que nos dé tiempo a venderle ese Monet.

—Espero que también aguante esta vez —murmuró el marchante.

—La han internado de urgencia en el hospital provincial.

—¿Ah, sí?

—Para unas transfusiones.

—¿En el hospital provincial? ¡Qué casualidad!

—¿Por qué?

—Anteayer estuve allí visitando a mi amigo Henry el Holandés. Lo han sacado de la cárcel para operarle la próstata.

—¿Es el famoso ladrón de obras de arte?

—Sí.

—¿Tú conoces a ese personaje? —preguntó Betina.

—Estuve con él en la cárcel. Coincidimos en la misma celda.

—¿Tú has estado en la cárcel?

—Naturalmente —contestó Vedrano.

—¡Qué maravilla! —exclamó Betina llena de emoción.

Míchel Vedrano no quiso defraudar a la chica y mientras comían comenzó a narrar aquella aventura carcelaria que tantos éxitos le había deparado en las mejores sobremesas y fiestas de sociedad. Míchel había estado en la prisión de Carabanchel con Henry el Holandés, y las historias que le había contado durante el mes en que compartieron la celda constituían una fuente de sabiduría que el marchante impartió a Betina.

—Henry el Holandés es un esteta muy refinado, cuya pasión por el arte le había llevado a cometer los golpes más imaginativos. En cierta ocasión se llevó de un museo de Navarra un sillón del trono del siglo XI perteneciente al rey Ramiro I, una jamuga plegable con incrustaciones de oro y nácar. Henry lo robó una mañana y después lo utilizó para pescar en el río Arga que pasa por Pamplona.

—Es fantástico.

—Se sentó en ese trono en la ribera del río como un rey medieval y lanzó la caña —dijo Vedrano.

—Quiero conocer a ese hombre ahora mismo —exclamó Betina.

—Te lo puedo presentar antes de que lo devuelvan a la cárcel. Henry está en la tercera planta con un policía en la puerta de la habitación. A mí me dejan entrar porque he dicho que soy colega.

Henry el Holandés había robado en los principales museos e iglesias siempre con la misma fórmula. Después de realizar una inspección a fondo por las salas durante las horas de visita, de pronto se extasiaba ante una obra de arte y sentía una pulsión que le forzaba a poseerla. Henry no podía hacer nada por evitarlo. A la hora del cierre se quedaba agazapado detrás de cualquier mueble o retablo hasta que los conserjes o sacristanes apagaban las luces y cerraban las puertas. Pasaba la noche a oscuras con todos los cuadros y objetos a su merced hasta que llegaba el alba y se ponía manos a la obra. En cierta ocasión se enamoró de una colección de abanicos del Palacio Real. Se escondió detrás de un cortinaje, eligió el más raro y por la mañana salió tranquilamente a la calle mientras saludaba a los turistas que iban entrando. En alguna ocasión se permitió el lujo de poner en funcionamiento la alarma para contemplar desde la esquina todo el despliegue de la seguridad, como una vez en que se encerró en el Museo del Prado y pasó toda la noche en el sótano.

—¿Robó allí algún cuadro famoso? —preguntó Betina.

—Henry nunca usaba la palabra «robar». A su trabajo él lo llamaba realizar una adquisición. Me contó que en los sótanos del Prado ya no había nada interesante porque se lo habían llevado otros primero —dijo Vedrano.

Pero lo que más le excitaba eran los robos en las iglesias. En lugares secretos, Henry el Holandés guardaba todavía auténticos tesoros de tallas románicas, retablos, predelas, tablas góticas, cálices, candelabros y copones. Henry nunca robaba piezas muy conocidas porque sabía que tenían muy difícil salida en el mercado. Se limitaba a abastecer a todos los anticuarios con obras anónimas, aunque las más exquisitas se las había guardado para su propia contemplación. La policía no sabía dónde tenía escondido el botín, pero Henry pactaba con ella o con los jueces un año de indulto permutándolo por un cuadro robado. Llevaba ya quince años en la cárcel y otros tantos de libertad. En la celda pintaba láminas de paisajes con riachuelos y ovejitas y puestas de sol.

—Veo que el arte es un juego más fuerte que la Bolsa. Mis colegas están descerebrados por las cotizaciones del mercado, pero vosotros estáis más locos —murmuró Betina.

—Algún día te hablaré de una teoría sobre la magia que ejerce la belleza sobre las personas para que veas que este negocio no es tan desalmado. Esta idea la elaboré después de conocer de cerca los robos de Henry el Holandés. La belleza puede destruirte o hacerte inmortal —dijo Vedrano.

—Explícale a Julia esa teoría en la cama. Le gustas mucho.

—¿Tú crees?

—Las mujeres nunca nos equivocamos en eso. Conocemos por instinto el código de miradas. No sé si su marido te va a comprar el Monet, pero estoy segura de que puedes acostarte con Julia cuando quieras.

—¿Estás segura?

—Si antes no se nos muere.

—Julia nunca engañará a su marido —dijo Vedrano divertido.

—Sabes poco de mujeres para lo que has vivido. La pasión por la pintura te está apartando de los mejores placeres. Si no usas el arte para follar a gusto, ¿para qué sirve entonces ser tan maravilloso? —concluyó Betina.

—¿Te gustaría follar junto a un Matisse?

—¿Por qué no? Algún día podríamos probar a ver qué tal sale. A Julia también le gustaría.

Cuando esa tarde Míchel Vedrano y su amiga decidieron pasar por el hospital provincial, apenas llegados notaron en el vestíbulo una gran tensión entre los celadores y no tuvieron necesidad de preguntar a qué se debía, porque alguien comentó que un preso famoso había aprovechado un descuido de la policía para fugarse de la habitación. Las enfermeras de la tercera planta lo habían visto tomar el ascensor con una bolsa de deporte al hombro. En seguida supieron que el fugado era Henry el Holandés, quien por segunda vez había aprovechado una operación quirúrgica para escapar del hospital. Un par de años antes fue de vesícula y ahora había sido de próstata, pero ambas le habían conducido a la misma libertad. Betina se llevó una decepción por la fuga hasta el punto de pensar que aquel personaje era una creación de Vedrano, ya que en el hospital nadie lo conocía por Henry el Holandés, sino como Kenny Goldberg, de nacionalidad belga, nombre con el que estaba registrado.

—No te preocupes. Lo van a detener en seguida —dijo Míchel.

—¿Cómo? —preguntó Betina.

—Montando vigilancia en la puerta de los principales museos. O lo atrapará cualquier cura de pueblo detrás de un altar.

En la habitación 414 de la cuarta planta había una penumbra entornada. Míchel golpeó con los nudillos y nadie contestó, pero la pareja entró sin hacer ruido hasta el borde de la cama donde Julia dormitaba bajo el botellón de suero conectado al antebrazo. En la habitación había un gran ramo de rosas amarillas y también había en un rincón algo semejante a un perchero donde colgaba una chaqueta de Ungaro. Al principio no repararon en ello. Julia estaba sedada, pero en seguida abrió los ojos al sentir la presencia de sus amigos y sonriendo les dijo que había tenido un desmayo por falta de hierro, pero que ya se encontraba mejor.

—Luis ha bajado a la cafetería. Acaba de llegar de Amsterdam —murmuró Julia.

—¿Cuándo te mandan a casa? —preguntó Míchel.

—Mañana.

—Ponte bien que tenemos que hablar de negocios —dijo con falsa euforia.

—¿Sabes? Esta vez me he sentido mal de veras. Creí que me moría. Me han puesto dos litros de sangre.

Míchel se acercó al borde de la cama, tomó de la mano a Julia y ella le hizo un gesto de complicidad. Betina se retiró hacia el lado de la habitación donde estaban las rosas y después de olerlas profundamente levantó un poco la chaqueta de Ungaro y vio que debajo no había un perchero sino una escultura que representaba a un hombre desnudo caminando. Movida por la curiosidad descubrió el bronce por completo y se puso a contemplarlo en la penumbra mientras Míchel comenzaba a besar a Julia en la mejilla. Ante esta escena Betina abandonó discretamente la habitación sin que el marchante y la enferma se dieran cuenta.

—Me gusta que hayas venido. Luis quiere verte —dijo Julia.

—Y yo sólo quiero verte a ti riendo y bailando otra vez —murmuró Míchel rozándole la boca con los labios.

—Luis me quiere mucho. Mira lo que me ha traído.

—¿Rosas amarillas?

—Mira eso —insistió Julia señalando un objeto de la habitación.

—¿Qué es? ¡La escultura de Giacometti! —exclamó Míchel lleno de asombro.

—Le dije que la había visto en la galería. Ayer Luis, recién llegado de Holanda, fue a buscar la chaqueta y la compró. No entiendo qué me pasa, ¿sabes?, creí que me moría pero ahora me siento bien.

Míchel quiso controlar la emoción de Julia besándola en los labios. De pronto ella se puso a llorar, pero él la consoló diciendo que en cuanto se pusiera bien del todo la llevaría de viaje a Nueva York y que irían de galerías por el Soho y le presentaría al rey de los marchantes Leo Castelli.

—Iremos los tres, Luis, tú y yo, ¿verdad? —dijo Julia.

—Y llevaremos también a Betina para que nos presente a su novio negro, que mide dos metros y trabaja de Mickey Mouse.

—Te estoy queriendo mucho, Míchel. Os estoy queriendo mucho a todos. Necesito ponerme bien —dijo Julia limpiándose las ojeras empañadas de lágrimas al tiempo que reía.

—Enséñame tu corazón —le pidió Míchel al oído.

—¿Quieres verlo?

—Sí.

—Míralo —sonrió con cierta malicia Julia mientras se bajaba el hombro del camisón y le mostraba su pecho desnudo—. ¿Habías imaginado que era así? ¿Te gusta?

—Déjame que lo bese —dijo Míchel.

—No, por favor. Ahora no.

En ese momento entraron Luis y Betina. Llegaron contando que el hospital estaba revuelto porque había huido un recluso recién operado, pero a un lado de la habitación, frente a los cuatro, despojada de la chaqueta de Ungaro había quedado visible junto a las rosas amarillas la escultura de Giacometti. Su misteriosa presencia realzada por la penumbra los hizo enmudecer un momento. Aquella figura de caminante desnudo parecía también despojada de su envoltura carnal. Era la esencia misma de la existencia humana este bronce alargado cuya aparente levedad sustancial desgarraba el espacio con una fuerza extraordinaria. La habitación olía a dulce medicamento y, mientras el suero goteaba en el antebrazo de Julia, el silencio fue roto por Luis Bastos con una palmada en el hombro de Vedrano.

—¿Tienes algo que decirme del encargo que te hice? —le soltó el millonario.

—¿A qué encargo te refieres? —preguntó Vedrano mirando a Julia con cierta ironía.

—Tenías un Monet.

—Así es —respondió.

—¿Es todo? ¿No había algo más?

—¿Qué quieres decir?

—¡Ay..., Dios mío! —exclamó Julia.

—¿Qué sucede? —preguntaron a la vez Míchel, Luis y Betina.

—Acabo de acordarme de que no mandé vaciar el estanque. Todavía está allí el anillo de brillantes.

6.

Las fiestas que daba María Sacramento en su ruinoso palacio eran en realidad almonedas simuladas. Mientras un criado de calzón corto pasaba una bandeja con el único manjar, tortilla de patatas y vino peleón, la marquesa iba mostrando a los invitados los cuadros y cachivaches que abarrotaban los salones. A sus fiestas solían acudir gentes del mercado del arte, marchantes, reventas y especuladores junto con algunos aristócratas un poco desvencijados, ex ministros de Franco, intelectuales del diario *ABC,* académicos y algunos posibles compradores extraídos del mundo de la construcción y de las finanzas. Tampoco solía faltar un catedrático santón, don Carlos de Alvarado, célebre por los voluminosos libros que había escrito sobre la pintura del siglo XVII y que pasaba por ser la primera autoridad en Ribera el Españoleto, al que había dedicado un tomo de mil páginas. Precisamente en esta ocasión había sido requerido para que dictaminara acerca de la autenticidad de un óleo de este pintor, la figura de un bufón, que estaba colgado en el salón principal, llevado allí por un comerciante del Rastro.

Los muros desconchados del caserón, aun estando hipotecados, era lo único que pertenecía a la marquesa en todo aquel espacio. Los cuadros, las alfombras, las lámparas, los tapices y la mayor parte de los muebles antiguos también habían sido cedidos en esta ocasión por galerías y anticuarios para su venta a los invitados que en los tres salones abiertos formaban grupos en torno a los pinchos de tortilla. Betina y Míchel llegaron juntos en el preciso instante en que la marquesa le estaba diciendo al viejo criado:

—Teo, no te olvides de echarme la quiniela.

—¿Cómo estás, marquesa? —saludó a la anfitriona el marchante.

—Oye, Vedranito, quiero que veas un sillón de caoba. Te puede interesar.

Los invitados se movían por los salones del caserón y allí se encontraban casualmente todos los intermediarios del Monet, el distinguido señor Palmer, Alvarito Ayuso, Betina, la marquesa y Míchel Vedrano, quien tenía el óleo inmovilizado en la caja fuerte del banco. Ninguno de ellos conocía la cadena completa, sino su eslabón inmediato, pero después de que el propietario, el señor Segermann, hubiera amenazado con llevar a los tribunales a la galería de París, que había sido la primera depositaria, la presión se había hecho insostenible y cada uno de los especuladores fue transmitiendo al otro una angustia perentoria durante esta fiesta. El anciano señor Palmer, abandonando por primera vez la compostura, perseguía a la marquesa entre los grupos con la cara desencajada.

—Marquesa, ¿dónde está el Monet? —la conminó arrinconándola por fin contra un bargueño.

—Mañana, por favor, mañana —le contestó ella tratando de quitárselo de encima.

—No me jodas. Necesito ese maldito cuadro.

—Mañana, mañana. Palmer, no me atosigues ahora. ¿Qué van a pensar los invitados? —suplicó la aristócrata.

—Soy una persona muy educada, marquesa, pero puedo caparte si mañana no me devuelves el cuadro —juró el señor Palmer tapándose media boca.

Tan pronto logró zafarse del señor Palmer la anfitriona buscó a Alvarito Ayuso entre los invitados. Lo encontró departiendo con un ex ministro de la Dictadura que trataba de venderle la escopeta que le reventó la mano a Franco mientras cazaba palomas desde una ven-

tana del palacio del Pardo un día de Navidad.
Cuando estaba a punto de dar dos millones
por el arma llegó la marquesa y se lo llevó cogido del brazo hacia un rincón.

—¿Quién coño tiene el Monet? —le
preguntó.

—Yo mismo —contestó Alvarito con
seguridad.

—Lo quiero aquí mañana.

—Bien. Ningún problema. Pero te ad-
vierto que lo tengo vendido.

—Mañana, el cuadro o la pasta.

El director del banco olvidó por completo la escopeta de Franco y trató de descubrir
entre las cabezas la melena de Betina siempre coronada por unas gafas de sol de Armani.
En ese momento, la hija del consejero escuchaba atentamente a un señorito alcoholizado
del club Balmoral al que le faltaba un pedazo
de músculo en el brazo. Al parecer se lo había
comido una tigresa de Bengala llamada *Cristina*
en una tienda de fieras donde se vendían toda
clase de caprichos para millonarios. El joven se
había acercado a la jaula y creyendo que era todavía bebé trató de acariciar a la tigresa pero
de un zarpazo *Cristina* le metió el brazo entre
los barrotes y se le llevó un kilo de carne de un
solo bocado. El tipo le contaba a Betina que
después de cuarenta operaciones de injerto de

piel, esta última vez en el quirófano se les había ido la mano con la anestesia a los médicos y había tenido un despertar de exorcista, lleno de convulsiones espantosas, como si arrojara un demonio del cuerpo.

—¿Tuviste alguna visión especial? —le preguntó Betina.

—Quien no haya pasado por esa experiencia no puede entender la pintura negra de Goya.

—¿Te gustan sus monstruos?

—¿Cómo no me va a gustar si he podido operarme gracias a sus grabados de brujas y aquelarres que he vendido? Goya me ha salvado.

Alvarito Ayuso tenía un respeto natural a la hija del consejero y con ella usaba las formas, de modo que se guardó su arrogancia y le pidió excusas antes de abordarla a media voz. En tono educado le dijo que se había presentado un problema. Necesitaba el cuadro mañana sin falta.

—¿Puedo preguntarte quién lo tiene, si no es indiscreción? —dijo.

—Sí que lo es —contestó de forma tajante Betina.

—Te suplico que me lo devuelvas. Ya haremos negocio en otra ocasión. Lo necesito mañana.

—¿Mañana?

—Por favor.

—Mañana me voy a Nueva York —dijo Betina.

—No sabes la que puedes armar. Por favor, ¿quién tiene el cuadro? —dijo.

—Está en buenas manos.

—¿En Nueva York?

—En Nueva York sólo está mi novio. Vuelvo pasado mañana. Te llamaré —echó Betina la melena atrás con arrogancia exagerando su disgusto.

Hubo un momento en la fiesta en que los cinco intermediarios, sin saber la alta tensión que había entre ellos, coincidieron alrededor de una nueva tortilla de patatas después de que el criado de calzón corto hubiera sellado la quiniela. Sólo Betina y Míchel eran cómplices divertidos de aquella angustia, pero la fiesta continuaba.

La pintora Beppo, caballona y con la boina volada por un lado de la cabeza, acababa de entrar y en seguida llegaron unos cantaores de flamenco con las guitarras, pero antes de que empezara su actuación la marquesa pidió al ilustre santón de la crítica, don Carlos de Alvarado, que tuviera a bien dictaminar acerca de la autenticidad del óleo de Ribera el Españoleto. En medio de la expectación de algunos invitados, el catedrático mandó descolgar el cuadro de la pared para estudiarlo con más comodidad. Buscó primero la firma con una lupa. La encontró en el ángulo inferior izquierdo. Luego se acercó para olfatear el barniz como un perro buscando debajo el craquelado y la textura de las pinceladas. Volvió el cuadro del revés, analizó la urdimbre de la tela, realizó movimientos de distanciamiento y aproximación y, aunque utilizó todos los gestos formales de un entendido en la materia, cualquier conocedor hubiera adivinado que el catedrático se hallaba perdido, que no sabía nada de pintura fuera de la mera erudición, pese a la expresión concentrada que imprimía a su ceño. La indecisión le delataba.

Detrás de don Carlos se había formado un pequeño grupo de invitados que esperaba el veredicto bromeando, pero este crítico consagrado contestaba con evasivas cultas a las preguntas de si el cuadro era auténtico o falso. El santón se explayaba hablando del tenebrismo o del claroscuro y contaba que los italianos a Ribera le llamaban el Españoleto porque era muy pequeño de estatura, que tuvo una vida llena de escándalos y que incluso fue acusado de homicidio, si bien en la vida facinerosa tampoco había conseguido superar a Caravaggio, su maestro, quien buscaba en los bajos fondos de Nápoles a los adolescentes prostituidos para que posaran en sus cuadros como ángeles.

—Muy bien, don Carlos, ¿qué le parece el cuadro? —insistía la marquesa tratando de salir de dudas para vendérselo a uno de los invitados que estaba interesado.

—Este bufón es un buen ejemplo de la pintura del siglo XVII, sin duda el mejor momento de nuestro arte.

—¿Es auténtico? —preguntó de forma incisiva una de las personas que lo rodeaban.

Don Carlos de Alvarado evadió como pudo una respuesta directa, mientras con la mirada de complicidad reclamaba la ayuda de Míchel Vedrano. En el fondo el catedrático estaba reconociendo la vieja teoría de Miguel Ángel: para entender de arte hay que tocarlo con las manos, trastearlo, comprarlo y venderlo, convivir con los cuadros, embalarlos, subirlos y bajarlos de las paredes, hacer el amor a su sombra e incluso falsificarlo como hizo este genio vendiendo al Papa alguna de sus propias obras como si fueran de la época griega. Es lo que hacía Vedrano todos los días desde que tenía veinte años.

No es lo mismo ejercer de crítico diletante en un museo y contemplar los cuadros abanicándose con el catálogo que tener que arriesgar cincuenta millones al primer golpe de vista para cerrar un negocio antes de que te lo pise otro comerciante más rápido. Sin querer, a un marchante se le forma una mirada de halcón, como la que tenía Míchel Vedrano, y era eso lo que le había dado un gran prestigio. El crítico cruzó los ojos con los de Vedrano y éste le hizo un gesto negativo con la cabeza. Una vez posesionado del secreto que le había transmitido el comerciante como una seña en el juego de cartas, el crítico tosió con cierta profundidad, se pellizcó la barbilla y finalmente sentenció:

—Este Ribera no me gusta.

—¿Es falso? —preguntó con asombro la marquesa.

—Esa palabra no hay que pronunciarla nunca —terció en seguida Vedrano.

—No me gusta, no me gusta —repitió don Carlos después de mirar de nuevo al marchante para cerciorarse.

—No puede ser. Este Ribera pertenece a los marqueses de Ribalzada. No puede ser falso —dijo un tipo aceitunado que tenía tienda de antigüedades en el Rastro.

—Creo que es un óleo sin mucho interés. No está catalogado —comentó Vedrano dirigiéndose al grupo de espectadores.

—Los marqueses de Ribalzada han tenido este cuadro colgado en su palacio más de doscientos años. Ése es el mejor catálogo. Juro por mis muertos que este Ribera es auténtico —exclamó lleno de ira el anticuario.

—Seguro que el último de tus muertos es más antiguo que este cuadro —dijo Vedrano.

Sin duda su interlocutor era quien corría el falso Ribera, pero Vedrano no quiso comprometerlo delante de gente tan distinguida. No dijo que conocía al artista que había pintado esa copia sobre una tela de época en un pueblo de Córdoba donde había un taller de falsificación que incluía un horno para envejecer las tablas o dar el craquelado correspondiente a la pintura, según el siglo que se deseara y el betún de Judea que enmascaraba la textura frente a la lámpara de los rayos ultravioleta. En el comercio de falsos el resto lo suele aportar la ignorancia de muchos coleccionistas o la codicia de algunos especuladores. Míchel Vedrano estaba al corriente de esta organización de falsificadores de arte. En la misma celda en que había coincidido con Henry el Holandés también conoció a un pintor de fama que había participado en esa misma conexión cordobesa dentro de la gran red de estafadores. A pesar de esto, Míchel trató de desmitificar aquel cuadro con cierta delicadeza porque sabía que en el mundo del arte hay palabras malditas que nunca deben pronunciarse, pero en ese momento la pintora Beppo se acercó a la butaca donde estaba el óleo y exclamó:

—¡Vaya mierda de cuadro!

—¿Has dicho mierda, has dicho mierda? —alzó la voz el anticuario.

—He dicho mierda porque este cuadro es una mierda. ¿No ve usted que es falso?

—Hay que matizar un poco las opiniones, señora, hay que tener más educación al enjuiciar el trabajo de los artistas —dijo un caballero con cuello de pajarita.

—¿Y usted quién es? —preguntó Beppo.

—Soy catedrático de psicología de la universidad —contestó.

—¿Psicología? Bah... Eso lo aprendía yo de joven en los burdeles —murmuró Beppo de medio lado.

En ese momento sonó en el salón un acorde de guitarra, pero antes de que los flamencos comenzaran a cantar la marquesa agrupó a los invitados y les pidió que no se apoyaran en los tapices ni en los muebles porque estaban en venta y eran muy delicados. En el salón contiguo había dispuesto unos asientos de plástico frente a una tarima donde iban a actuar los artistas. En medio de este baratillo de cachivaches, lámparas, consolas y óleos de prohombres bigotudos y damas de nacaradas ubres, escuela de Madrazo, comenzó a sonar un fandango campero.

Caballo que tanto quiero
por qué poco te vendí
hoy vuelvo a tener dinero
y vengo a pagar por ti
diez veces lo que me dieron.

Ninguno de los anticuarios y revendedores allí reunidos se dio por aludido con esta letrilla que cantaban los gitanos, salvo la anciana Beppo, que empezó a llorar de emoción. Hay lugares de privilegio donde el cante jondo suena muy bien, y sin duda este derruido caserón de la marquesa tenía la entraña necesaria para que salieran de los arcones y bargueños todos los duendes. La marquesa sabía por experiencia que después de la sesión algunos invitados echarían mano al talonario y le comprarían algún cacharro con que pagar al criado, pero mientras sonaba el cante ella sólo estaba preocupada por dos graves problemas: si podría recuperar el Monet tan rápido y si había puesto un empate del Real Madrid en la quiniela.

Los cuadros que circulan por el mercado a veces regresan a casa como algunas personas después de muchas noches de juerga, agotadas, maltrechas e incluso violadas. Míchel Vedrano retuvo el Monet una semana para que la presión sobre Betina se hiciera insostenible, de forma que al liberarlo se produjera un efecto bumerán de tal intensidad que en pocos días volviera a Ginebra, de donde había salido. Vedrano estaría allí para esperarlo en el establecimiento de su propietario, el señor Segermann.

Entregó los nenúfares de Monet un lunes y esa misma mañana tomó el avión para Suiza. Betina devolvió el cuadro a Alvarito Ayuso, éste lo mandó al palacio de la marquesa, ésta lo reintegró al señor Palmer y éste lo desmontó del marco, lo introdujo en un gran paquete de embutidos y en el *Puerta del Sol* se fue a París para depositarlo finalmente en la galería de la Rue de Seine. Un emisario de Segermann lo esperaba en la puerta con la denuncia preparada y a punto de ser cursada con el sello correspondiente. El Monet llegó totalmente exhausto. Los nenúfares venían ajados por tantas mentiras, pero no podía negarse que también habían despertado grandes sueños en los seres que los tuvieron en sus manos.

Cuando el Monet estuvo de nuevo en Suiza acababa de cumplirse el plazo de tres meses de vida que los doctores habían concedido a Julia. Después de su última recaída había levantado el vuelo otra vez e incluso había pasado por una corta etapa de exaltación que coincidió con la adquisición de la escultura de Giacometti. Luis aprovechó este estado de plenitud para llevar a su mujer a París, donde tenían concertada otra consulta con una eminencia en hematología del Instituto Pasteur, aunque la excusa para el viaje había sido visitar la exposición antológica de Matisse en el Centro Pompidou, reunirse allí con Míchel Vedrano y tomar juntos unas ostras en La Coupole.

El resultado de la nueva punción realizada en París no alteró el pronóstico maldito. Todos los análisis de sangre coincidían en dar a Julia un breve tiempo de vida. El doctor Bergott no encontraba explicación alguna al hecho de que Julia todavía estuviese realmente bien, y como respuesta no hacía sino levantar los hombros para fiarlo todo al destino porque la ciencia aún tiene unos caminos ciegos que nadie sabe adónde conducen. Mientras Julia iba de tiendas por el Faubourg de Saint Honoré el doctor llamó a consulta a su marido y le dijo con sinceridad:

—Según la ciencia su mujer no tiene ninguna razón para estar viva, pero la vida es una razón suficiente para seguir vivo.

—No entiendo lo que pasa, doctor —dijo desolado Luis Bastos.

—Tampoco yo entiendo nada —reconoció el hematólogo.

—Nunca he visto a Julia mejor que ahora. Está llena de ánimo, tiene los ojos brillantes, quiere hacer el amor todas las noches, no sé, cuando sale de sus recaídas lo vive todo con una gran intensidad, como si se fuera a acabar el mundo.

—Usted lo ha dicho.

—¿Cómo?

—Debe usted saber que después de unos días de euforia vital, en cualquier momento puede encontrar a su mujer muerta en la cama. Perdone que sea tan directo.

—¿Eso es lo que nos espera? Julia está feliz ahora. Quiero que siga sin saber nada —le pidió Luis Bastos.

—En cambio puedo asegurarle que su mujer se va a ir dulcemente.

Estaban hospedados en el hotel Luthecia, en el Boulevard Raspail, cuya atmósfera excitaba mucho a Vedrano porque en la Segunda Guerra Mundial la Gestapo estableció allí su centro de operaciones durante la ocupación de París y después fue cuartel general de los Aliados. Habían coincidido en este viaje para cerrar la compraventa del Monet tratando de que este negocio estuviera rodeado de la máxima felicidad posible. Vedrano sabía que los cuadros necesitan alimentarse de literatura y que sin ella ningún pintor hubiera sido grande, del mismo modo que vivir días bellos es lo que te llena de belleza y armonía por dentro. En el hotel Luthecia, el tabique que separaba la habitación de Vedrano de la suite que habían tomado sus amigos era muy liviano, y además los dos aposentos estaban comunicados por una puerta clausurada que permitía oír cualquier conversación, y de hecho ahora a través de ella Luis había llamado a Míchel Vedrano.

—Trae el cuadro antes de que llegue Julia —le dijo.

—Muy bien.

—Quiero darle una sorpresa.

El marchante tomó el Monet en sus manos, lo elevó a la altura de sus ojos y sonrió pensando en el fatigoso camino que había tenido que recorrer esa obra de arte para llegar a su destino. Muchos cruces de ese viaje estaban sellados en el lienzo y en el bastidor con etiquetas color sepia: galería de Ambroise Vollard, galería Simon, galería Durand-Ruel, museo del Art Institute de Chicago, Galerie Arnhold de Dresde. Había pasado por muchas exposiciones, había presidido varios salones de famosos coleccionistas y a lo largo de ese trayecto había ido condensando toda la energía que le transferían sus propietarios y espectadores. Ahora Vedrano tenía en sus manos toda esa carga magnética e iba a proporcionársela a su cliente por un montón de millones que siempre serían pocos si se contabilizaba la parte espiritual de la obra. En realidad Míchel Vedrano se consideraba un médium en esa transmisión, y con ese ánimo llamó a la puerta.

Julia estaba recorriendo tiendas todavía por el Faubourg. Sentados en el salón de la suite ante un whisky, Míchel y Luis concertaron el último precio del cuadro y la forma de ingresar el dinero en una cuenta cifrada de Suiza. Trataron estas cuestiones con rapidez y un apretón de manos sirvió para cerrar el acuerdo definitivamente. Sólo entonces, cuando Luis Bastos sintió que el Monet era suyo, se arrellanó en el sillón para contemplarlo con cierto interés. Estaba en la moqueta apoyado contra el pie de una lámpara.

—Quedamos en que eran nenúfares esas plantas, ¿no es eso? —preguntó Luis Bastos.

—Sí.

—Me gustan.

—Lo vais a pasar muy bien con este cuadro —le animó Míchel.

—Sólo quiero que Julia esté contenta.

Ante los nenúfares de Monet el coleccionista le comentó a su amigo las malas noticias del Instituto Pasteur. Había que tener el ánimo preparado para aceptar el destino, y según creía Míchel la mejor forma de conseguirlo era echarse a vivir con la máxima intensidad posible. Después de una hora de conversación sobre el dolor y los placeres llegó Julia cargada de paquetes y dio un salto de alegría al ver el cuadro en su cama.

—Oh..., es maravilloso.

—Tenemos otro regalo para ti.

—¿De los dos? —preguntó la mujer.

—El médico ha dicho que estás estupenda. Los análisis son inmejorables —dijo con aplomo el marido.

—Para celebrarlo te vamos a llevar esta noche a cenar a La Coupole. Ya tenemos la mesa reservada —añadió Vedrano.

Esa noche de viernes del final de septiembre el París de Montparnasse se mostraba fascinante. La gente lucía un bronceado de playas del Mediterráneo y era todavía aquella época en que el dinero tenía una seducción estética irresistible. La especulación en Bolsa y la locura del arte habían alcanzado la cima, aunque nadie sabía que los días dorados estaban a punto de terminar. Había que ponerse elegante para estar a la altura de la noche y los tres se vistieron lentamente en el hotel Luthecia y no salieron a la calle hasta que no se encontraron maravillosos. El restaurante La Coupole, pese a su reciente reforma, conservaba todos los genios que lo habían hecho famoso en los felices años de entreguerras, y ahora conocía un nuevo y ruidoso esplendor que se debía al don de la nostalgia fijado en los cuadros, frescos y carteles antiguos que cubrían las paredes.

Julia entró en el abarrotado local escoltada por el marido coleccionista y su marchante, y lo hizo con la naturalidad de una criatura de mundo hasta llegar a su mesa reservada al fondo. Nadie hubiera adivinado que aquella mujer estaba estrenando una pose decadente, ya que había aprendido de forma instintiva a moverse entre gente acostumbrada a saltarse todas las barreras. Su mesa estaba situada junto a una columna llena de anuncios de exposiciones en museos y galerías. Uno de aquellos carteles era un afiche oficial patrocinado por el hotel de Ville y se componía de cien pequeños rostros de personajes que fueron emblemáticos en aquel París de los años veinte. Si París tenía un alma, ésta la habían creado esos cien dioses, artistas, escritores, poetas, que en aquella época se movieron por Montmartre, Saint Germain des Près y Montparnasse. Allí estaban todos,

Picasso, Apollinaire, Henry Miller, Anaïs Nin, Hemingway, James Joyce, Giacometti, Ezra Pound, Miró, Dalí, Max Jacob, Scott Fitzgerald, Matisse, Gertrude Stein, Paul Klee, Modigliani. Esas fotos de tamaño carné habían captado los rostros de aquellos seres divinos en plena juventud.

Julia y Míchel Vedrano se pusieron de pie para observar de cerca el cartel. El marchante comenzó a leer en voz alta el nombre de cada personaje punteándolo con el dedo.

—Ésta es... Josephine Baker... Ésta es la Mistinguette... A ver..., a ver... Esta jodida tiene que estar aquí —murmuró Míchel.

—¿A quién buscas? —preguntó Julia.

—Mira, aquí está —exclamó.

—¿Quién es?

—Una pintora. Beppo. La mujer del príncipe Abdul Wahab —dijo Vedrano.

—¿Beppo? Me suena el nombre. Me has hablado alguna vez de ella.

—Fue modelo de Modigliani.

—Qué guapa era. ¿Fue una de las estrellas de París? —preguntó Julia.

—Ahora vive en Madrid. Algún día te la presentaré —dijo Vedrano.

En el cartel donde se habían fijado las figuras del París de entreguerras el rostro anguloso de Beppo era el de una veinteañera que parecía desafiar al mundo con una sonrisa de boca cerrada y ojos alegres, pero su cuerpo de tronco tubular y muy largo, de nalgas macizas, de muslos poderosos, fue entonces un desnudo de Modigliani que es adorado en los mejores museos y colecciones del mundo, mientras ahora Beppo, de ochenta años, se paseaba todavía con huesos destartalados como un galgo por las tabernas de Madrid.

Llegaron las ostras y el champán y sonaba música en La Coupole. Había una gran convulsión de risas en el restaurante y esto invitaba a soñar con cualquier transgresión como una parte de la felicidad, y esa sensación hormigueaba en el estómago de Julia. Durante la cena el marchante Vedrano trató de proporcionar a la pareja toda la fascinación que había en la atmósfera. En ese momento, muy cerca de su mesa, estaba el actor Marcello Mastroianni. Otros rostros famosos aunque sin nombre rodeaban a los tres amigos, que en seguida se pusieron a comentar otro catálogo que anunciaba la exposición de Matisse en el Centro Pompidou, que pensaban visitar al día siguiente. Las tres copas se juntaron por tercera vez en el aire para brindar.

—Por nosotros —dijo Julia.

—Para que seamos felices a toda costa —dijo Vedrano.

—Yo quiero brindar por vosotros dos —dijo Luis Bastos.

—¿Por nosotros dos? ¿Por Míchel y por mí? —se sorprendió Julia.

—Para que el arte no os separe nunca.

—¿Y a ti?

—Y a mí que me haga más rico todavía —dijo soltando una carcajada Luis Bastos.

Este clima de desenfado hizo natural que Míchel besara en la boca a Julia ante la mirada de su marido, y a lo largo de la cena la conversación fue tan desinhibida y llena de alusiones estéticas que hubiera podido resistir la frivolidad de cualquiera de aquellos espectros de bohemios que estaban presentes en el local. La amoralidad era la ley suprema del arte. Aquellos artistas se podían permitir toda clase de vicios porque encontraban en la ciénaga el impulso necesario para crear belleza. Seguía siendo igual. Quien hoy sintiera la emoción del arte podía ser tan libre como aquellos genios. La atracción animal entre Henry Miller y Anaïs Nin, las borracheras infames de Scott Fitzgerald, el pálido fantasma de la modelo Antoinette paseándose entre las mesas, los suicidios de las amantes de Modigliani que se arrojaban del balcón gritando su nombre, esta literatura acompañó toda la cena y cuando llegaron los postres Luis se levantó para ir al lavabo y los dejó solos. Míchel tomó de la mano a Julia, la miró a los ojos y en voz muy medida le dijo que quería acostarse con ella.

—No lo voy a hacer todavía.

—¿Por qué?

—No estoy preparada. No sé qué puedo darte —le confesó.

—Debes saber algo —dijo él con cierto dramatismo.

—¿Qué quieres de mí?

—¿No te ha dicho nada Luis?

—¿Qué me tiene que decir? Que me voy a morir pronto, ¿es eso?

—No te vas a morir, Julia. Pero creo que a Luis le excitaría mucho vernos en la cama.

—Lo sé.

—¿Entonces?

Estas palabras habían ahuyentado la palidez de su rostro y cuando Luis volvió a la mesa encontró a su mujer ruborizada, aunque para dominar la situación ella hizo un remilgo y sacó a la conversación el Monet. Dijo que esa noche aquellas flores les esperaban recostadas en la almohada. Míchel Vedrano les preguntó si habían hecho el amor alguna vez en alta mar. Respondieron que no. El marchante afirmó después que sólo había una situación que superara en intensidad a hacer el amor en la cubierta de un velero: hacerlo junto a la obra de arte de un gran maestro. Julia retuvo estas palabras y cuando abandonaron La Coupole guiñó el ojo a Míchel y apretándole la mano en secreto le dijo:

—Creo que se oye todo a través de las paredes de la habitación.

—Así es. ¿Por qué? —preguntó el marchante.

—Esta noche haré el amor pensando en ti. Espero que me oigas.

—Estaré detrás de la puerta con los ojos cerrados.

Llegaron al hotel Luthecia, pidieron las llaves, cruzaron el vestíbulo y subieron en el ascensor en silencio y durante todo el trayecto los tres sabían la escena que iban a representar. Se despidieron en el pasillo, se desearon un sueño feliz. Míchel nunca había experimentado una sensación tan morbosa. Entró en su habitación, se preparó un whisky y cambió de lugar una de las butacas para sentarse frente a la puerta clausurada y bebiendo lentamente esperó a que empezara el juego que los tres amantes habían establecido.

7.

Llegaron al Centro Pompidou después de atravesar la explanada llena de saltimbanquis y vendedores de baratijas. Luis Bastos no tenía ningún interés en visitar la exposición de Matisse porque, según decía, los cuadros que no estaban a la venta para él no existían, pero en una hermosa mañana de sábado en París con el otoño recién estrenado no había un placer más refinado que ver pintura con el sabor del café todavía en el paladar.

Míchel y Julia subieron por la escalera exterior hasta la última planta del museo. Julia contempló desde allí por primera vez los tejados de París y también a su marido, que le decía adiós con la mano abajo entre volatineros y tragasables. Luis prefirió esperarlos en la terraza del café Beaubourg, situado en la misma esquina. Tenían todo el día por delante. Esa noche habían quedado para cenar en la brasserie de Lipp, donde deberían pasar el cruel examen al que su dueño, el señor Roger Cazes, sometía a sus clientes desconocidos.

El marchante y su devota aún no habían tenido oportunidad de hablar a solas esa mañana cuando entraron en la sala de Matisse. Una de las ventajas que ofrece este pintor es la sensación de felicidad que transmite a los espectadores. Los colores azules, rojos, verdes, todos golosos, sirven para dotar de una profunda sensualidad a las carnes femeninas, a las playas, a las danzas, pastorales y odaliscas recostadas en divanes africanos, y a la vez su espíritu compone en el alma de cualquier neófito la imagen de un paraíso que es obligado gozar aun sin haberlo merecido.

Julia se detuvo ante el cuadro de un violinista desnudo en una playa rodeado de bañistas. No hubiera podido explicar por qué le gustaba tanto, sólo que se sentía feliz contemplándolo, y al hablar de ese cuadro no hubiera hecho sino hablar de sí misma, de lo bien que se encontraba. Míchel Vedrano se le acercó por detrás y le hizo al oído un comentario acerca de la voluptuosidad de aquellas muchachas tumbadas en la arena. Sin volver la cabeza Julia sonrió y como si hablara a una de las figuras preguntó a media voz:

—¿Me oíste anoche?

—Sí —contestó Míchel.

—¿Me oíste cuando grité tu nombre? —insistió ella.

—Sí.

—¿Te gustó?

Sin esperar la respuesta Julia continuó recorriendo la exposición. Su mirada a veces era atraída con fuerza por un cuadro determinado y Míchel la seguía a unos pasos. Julia se detuvo esta vez ante el retrato de una niña que tenía dos versiones, una con blusa blanca y un lazo rojo en el pelo, otra con fondo dorado, vestido azul y gargantilla negra.

—Era su hija Marguerite —comentó el marchante.

—¿La hija del pintor? —preguntó Julia.

—Sí. Pero deja que te explique una cosa. Picasso y Matisse se intercambiaban obras. Se dice que elegían las peores para mostrarlas a los clientes como ejemplo de lo mal que pintaba el otro. Uno de los retratos de esta niña lo había cambiado Picasso por una de sus cabezas de mujer. En las fiestas que daba Picasso en su estudio de Montmartre sus amigos le disparaban flechas con ventosas. Quien hacía diana en el ojo de Marguerite recibía de premio una botella de pernod.

—Anoche en la cama Luis me obligó a mirar fijamente el cuadro mientras me hacía el amor. ¿Crees que es una buena lección de pintura tener un orgasmo contemplando un Monet? —dijo Julia en voz baja.

—No hay nada que sirva tanto como
correrse ante una obra de arte o comprarla.
¿Sentiste algo en especial? —preguntó Míchel.

—Las aguas del estanque se volvieron
muy turbias hasta que me quedé a oscuras.
Casi perdí el conocimiento.

—Algo parecido me sucede cuando pago millones por un cuadro.

Míchel llevó a Julia hacia un óleo en el
que se veían unas barcas atracadas en el puerto
de pescadores de Colliure y después a otro que
representaba un desnudo femenino y una ventana abierta a la bahía de Niza. Julia recordó
que Míchel le había dicho que hacer el amor al
lado de una obra maestra sólo era comparable
a hacerlo en la cubierta de un velero.

—Anoche estaba sentado detrás de la
puerta y oía tus gemidos de placer. Te corres
como una mujer de primera. Nadie lo diría
viéndote tan delicada —le dijo Míchel.

—¿Y tú qué hacías mientras tanto?

—Bebía whisky.

—Y qué más.

—Bebía whisky e imaginaba cosas.

—Qué cosas.

Míchel desvió la atención de Julia hacia
una escultura titulada *La serpentina* y a continuación leyó en el catálogo que Matisse, para
hacer esa obra, se había servido del retrato de

una prostituta sacado de una revista pornográfica. El bronce, de cincuenta y seis centímetros de altura, estaba colocado sobre un plinto en medio de la sala y alrededor de él Julia y Míchel comenzaron a dar vueltas hablando sin mirarse a los ojos.

—¿Qué imaginabas, dime?

—Imaginaba las cosas que habrían podido suceder durante la guerra cuando ese hotel era cuartel general de la Gestapo. Imaginaba que el placer que sentías podía redimir de alguna forma la crueldad que se había perpetrado allí. Tal vez desde vuestra suite se haya mandado deportar judíos a campos de concentración —dijo el marchante.

—¿Sólo pensabas eso?

—Y que no era Luis sino yo quien te estaba follando y que tú lo sabías. ¿Es lo que esperas que diga?

—¿De veras imaginabas eso? —murmuró Julia acariciando con la yema del dedo los senos de bronce de la escultura.

—Te hacía el amor mientras contemplabas un desnudo de Matisse.

—Me has hablado de ese desnudo alguna vez. ¿Está aquí? —dijo Julia.

Recorriendo la exposición durante una hora la pareja hizo el amor sin necesidad de tocarse nada más que con los ojos. Pasaban junto a ellos los cuadros de señoritas con pamelas, de danzas, de almuerzos sobre la hierba, y Míchel le iba hablando del placer que le iba a proporcionar. Mientras el sexo fuera imaginario y estuviera unido al mundo del arte el marchante se sentía un dominador. Por su parte Julia había comenzado a experimentar los espasmos intelectuales que se producen en el cerebro cuando lo invade una pasión sellada.

—Esta noche me aplicaré tus enseñanzas en la cama. Voy a mandarte un mensaje —dijo Julia.

—Te esperaré bebiendo más whisky —contestó Míchel.

—¿Como un oficial de la Gestapo?

—Como Dirk Bogarde en *Portero de noche*. ¿Has visto esa película?

—No recuerdo.

—Es la historia de una judía que se enamoró de un oficial nazi en un campo de concentración. Años después se lo encontró de recepcionista de noche en un hotel. En una de las habitaciones siguió torturándola, esta vez sin alambradas, sólo con amor y un látigo de terciopelo.

—¿Por qué me cuentas esa historia tan morbosa aquí? —murmuró Julia.

—La protagonista era Charlotte Rampling. Tú me recuerdas mucho a ella. La escena bien pudo suceder en el hotel Luthecia —dijo el marchante.

Mientras hablaban de este caso de sadismo la pareja llegó a la segunda sala, donde una pared entera estaba dedicada a los estudios preparatorios del cuadro *La alegría de vivir,* si bien la obra terminada no se exhibía en la exposición. Allí se encontraba el desnudo de Antoinette con el cuerpo arqueado. Era uno de los dos bocetos que el pintor le hizo, y cuando la pareja se detuvo ante ella Julia sintió un ligero vahído.

—Me cuentas historias de látigos delante de esta adolescente divina. Es ella, ¿no es cierto? —preguntó.

—Sí —contestó Míchel.

—La hubiera reconocido entre mil.

Julia había atribuido ese pequeño mareo a la historia de Charlotte Rampling que Míchel le acababa de contar. Tenía una placa muy turbia en el subconsciente donde esa artista siempre se confundía en sueños con ella. De forma un poco cenagosa ahora el desnudo de Matisse que tenía enfrente había adoptado la figura de una Charlotte Rampling adolescente que era la propia Julia y de lo oscuro de su memoria se elevó un placer misterioso, nunca experimentado al imaginar que aquella adolescente pudo haber sido torturada alguna vez por un artista viejo y enamorado.

—Matisse hizo dos versiones de este desnudo para su famoso cuadro —comentó Míchel.

—¿Dónde está?

—En América, en la fundación Barnes.

—Iremos juntos a verlo dondequiera que se encuentre —dijo Julia.

—Matisse se enamoró perdidamente de esta jovencita. ¿Podrías enamorarte de un hombre como yo?

—A Betina le gustas mucho —exclamó Julia sin ocultar los celos.

—¿Y a ti? —preguntó con ironía el marchante.

—Contigo me pasa —contestó Julia— que no sé distinguir si me atraes porque eres un hombre interesante o es que me gusta la pintura que tratas de vendernos. Dices que has localizado el otro boceto de ese desnudo y que está a la venta. ¿Puedes mostrármelo?

—Si algún día lo consigo no pararé de pedirte que hagas el amor conmigo hasta que esa figura recobre la vida y se convierta en inmortal.

—¿Comprendes ahora por qué me tienes sometida? Te quiero —exclamó Julia.

—Te quiero —dijo Míchel sin dejar de mirar a la Antoinette de Matisse como si esa declaración de amor fuera para ella.

En ese momento Julia comenzó a notar un sudor frío. No se encontraba bien. Estaba a punto de desmayarse, pero antes de caer al suelo se agarró con la mirada a aquel desnudo de Matisse como a un asa muy fuerte. Lo que sentía ahora no se parecía en nada a los mareos que solían darle a lo largo del día. Era una especie de turbación del ánimo y, aunque logró controlar el vértigo, Julia quiso abandonar la sala y apenas salieron del museo divisaron a Luis sentado en la terraza del café Beaubourg.

Tuvieron que cruzar la explanada y durante el trayecto Julia iba vencida sobre un costado de Míchel. Para que ella recuperara el aliento se pararon un momento en el corro de uno de los saltimbanquis que se estaba tragando un sable. Ese acero que aquel tipo se metía por la boca hasta el fondo del estómago no logró que Julia apartara sus pensamientos de la mujer del cuadro ni de la historia del oficial de la Gestapo. Imaginaba que la tortura que Míchel soportaba por la noche oyendo sus gemidos era una variante del sadismo muy refinada. Aquellos bohemios de entreguerras, sin duda, les hubieran dado el certificado de perversión que se requería para ingresar en los círculos más cerrados. Tal vez si Julia hubiera vivido, como Beppo, en aquella época habría sido una diva de las buhardillas y hubiera inspirado obras excelsas a los artistas.

Julia aún tardaría en comprender la transformación que había experimentado en pocos meses. Hasta entonces no había hecho sino soportar las bromas de su marido, que la creía una analfabeta en materia de arte; en cambio ahora se sentía más segura que él a la hora de gozar de una buena pintura. Nadie le había dado clases. Nadie le había enseñado nada que ella no llevara dentro. Por otra parte, siempre había sido una mujer muy directa y apasionada en el sexo, y su obediencia en la cama nacía de un instinto de complacer al marido más que a sí misma, igual que si estuviera en la cocina componiendo un guiso distinto para sorprenderle, pero desde que había conocido el mundo de Míchel Vedrano todo se había vuelto más turbulento y excitante, más complicado y sugestivo. Esta sensación de amor prohibido no podía aislarla de la pasión que se le había despertado por el arte y por el propio cuerpo.

Después de contemplar la contorsión del saltimbanqui la pareja abandonó el espectáculo sin importarle qué haría el tipo con aquel acero que había desaparecido en su interior. Mientras se dirigían hacia la terraza del Beaubourg, viendo ya cerca a Luis que les sonreía, Julia le preguntó a Míchel:

183

—¿Sigues creyendo que para mantenerse limpia hay que degradarse?

—Bueno... —murmuró Míchel.

—Un día me dijiste esa frase. ¿Dónde lees esas cosas tan raras?

—Yo no leo nada. En esta vida no he hecho más que comprar y vender arte —contestó Míchel.

Los tres estuvieron paseando el resto de la mañana por el Barrio Latino y una de las galerías que visitaron fue aquella de donde había salido a la venta el Monet, dato que sólo conocía el marchante. En sus paredes había ahora una exposición colectiva con óleos de Francis Bacon. La sala se hallaba desierta en ese momento si se exceptúa a un perro caniche que dormitaba en la moqueta.

—Este pintor lo debe casi todo a Velázquez —comentó Míchel mientras recorrían la galería de la Rue de Seine.

—Qué disparate —exclamó Luis Bastos—. ¿Qué tienen que ver estos monstruos con *Las Meninas* o con el cuadro de *Las lanzas*?

—Yo no entiendo nada, pero me parece que el color es el mismo —dijo Julia.

—Así es —dijo Vedrano gratamente sorprendido por el progreso de Julia.

El señor Morabíw, dueño de la galería, salió del despacho al oír un carraspeo y le dio la mano a Míchel Vedrano sin sospechar que se la daba a quien le había birlado el cuadro de los nenúfares como en una partida de póquer. Cambiaron algunas impresiones de profesionales sobre el mercado y Míchel le preguntó si guardaba algo interesante en la trastienda, y el libanés contó que hasta hacía pocos días había tenido unos nenúfares de Monet.

—¿Y qué ha sido de ellos? —preguntó Vedrano.

—Han desaparecido en combate.

—¿Los vendió? —insistió el marchante.

—Más bien se esfumaron —dijo el libanés.

Comentando el lance que los tres habían protagonizado recorrieron los puestos de un mercado callejero de verduras y pescado abierto en la misma calle. Departieron con verduleros de enormes mostachos cuyas voces llenas de alegría saltaban por encima de las barricadas de frutas. Míchel mostró a sus amigos el hotel La Louisienne donde él se hospedaba en sus primeros viajes a París cuando estaba empezando el negocio. Era un punto de encuentro de modelos, cineastas y músicos de jazz. Allí vi-

vieron Sartre y Simone de Beauvoir, Camus
y otros fantasmas dorados. Sin dejar de contar-
les estas historias reales o ficticias que excitaban
mucho a Julia, el marchante les llevó a tomar
el aperitivo a la terraza del café Flore, junto a
la iglesia de Saint Germain des Près. Ninguno de ellos, tampoco Míchel Vedrano, conocía
toda la carga literaria de ese café, ni del café
Deux Magots, que estaba al lado, pero él les recordó a sus amigos que allí iba Picasso todas
las noches cuando vivía en la Rue des Grands
Augustins. Era la época en que estaba pintan-
do el *Guernica* y también el cuadro de la mujer
desconocida que ellos tenían colgado en su vestidor. Ahora en esas terrazas los clientes, salvo
los turistas, aún conservaban el aire de la gente
especialmente refinada, aunque en la forma
de sentarse se sabía el distinto grado que cada
uno ocupaba en la escala de la fascinación.

Tomando un campari bajo el sol del
otoño, Míchel les dijo a sus amigos coleccionistas que el mundo del arte es muy complejo:
es también una forma de beber, de encender
un cigarrillo o fumar hachís, de entrar en un
hotel de cinco estrellas, de saludar a un com-
petidor, de besar en público a una ex amante,
de sonreír a un personaje famoso como si le
conocieras de toda la vida, de tomar un avión,
de coger un cuadro y mirar primero el basti-

dor antes que la pintura, de comprarlo, de colgarlo en la pared y de contemplarlo. También el arte consiste en la forma de sentarse en el café Flore o en Deux Magots de París o en el modo como te reciben en la galería de Leo Castelli en Nueva York.

—A los artistas los fabrican los grandes marchantes internacionales —añadió Míchel—. Ellos son los verdaderos dioses de la creación. Señalan a un desconocido con el dedo y al poco tiempo se convierte en un pintor famoso en el mundo entero.

—¿Y a los coleccionistas quién los crea? —preguntó Luis Bastos.

—El coleccionismo es una enfermedad más o menos grave —contestó Míchel Vedrano.

—¿Te puede llegar a matar? —preguntó Julia.

—No lo sé. Pero existe un principio en psicología: ningún coleccionista se suicida. Siempre espera conseguir el último sello, la última moneda, el último cuadro para completar la colección antes de pegarse un tiro o arrojarse al Sena.

Según la teoría del marchante Vedrano son los buenos cuadros los que educan la sensibilidad del comprador hasta convertirlo también a él en una obra de arte. Un buen coleccionista sigue un camino de perfección. Lentamente va depurando la obra a medida que afina el gusto y llega un momento en que hace síntesis el genio del artista, el alma del comprador y el precio del cuadro, y entonces se llega a una cima exclusiva donde están las grandes piezas y allí incorporas tu nombre y te hacen inmortal.

—Si no hay dinero no hay nada —exclamó Luis Bastos.

—El dinero es el elemento indispensable para que se produzca esa mística —dijo Míchel Vedrano.

—Es como tomar otra vez la sagrada comunión —comentó Julia.

—¿Cómo se te ocurre decir esas cosas? —dijo Luis mirando a su mujer muy sorprendido.

—¿No es así, Míchel?

Estas ligeras palabras sirvieron de introducción para abordar el pago del Monet. Quedaron en que Vedrano recibiría el dinero a través de un director de la Unión de Bancos Suizos, en la avenida Rhône de Ginebra, quien la pasaría a una cuenta cifrada que había bautizado con el nombre de un místico hindú, el maestro de la espiritualidad Ramarkari. Lógicamente, de allí la mayor parte del dinero pasaría a otra cuenta del señor Segermann, en el mismo establecimiento bancario, cuya identi-

dad se enmascaraba bajo la advocación de una
deidad egipcia. Vedrano le recomendó que ci-
frara las cuentas corrientes de los paraísos fis-
cales con letras cabalísticas de dioses de la anti-
güedad o de sabios sufíes. Unir el precio de los
cuadros a una especie de mística daba buena
fortuna, y al final uno nunca acababa de distinguir si la energía que recibía en las venas
procedía del arte, del dinero o de uno de esos
dioses.

En la puerta de la brasserie de Lipp estaba su dueño. El viejo señor Roger Cazes vigi-
laba la entrada de los clientes desconocidos, a
quienes seleccionaba al primer golpe de vista y
según fuera su diseño exterior les daba la mesa
correspondiente. Las salas de abajo estaban llenas de rostros que salían todos los días en los
periódicos, artistas de teatro, periodistas, cineastas y políticos. Había rincones donde sólo se
sentaba gente privilegiada. El señor Roger Cazes no dejaba entrar en su restaurante bajo ningún concepto a turistas que fueran muy evi-
dentes, mucho menos a japoneses, y a quienes
no pasaban un examen riguroso los desviaba
al piso superior. A ese altillo los clientes asi-
duos lo llamaban gallinero o directamente in-

fierno, por la humillación que suponía ser condenado a cenar allí entre desconocidos mientras abajo hervía la fascinación de la gente hermosa.

Míchel había advertido a sus amigos
que tener mesa reservada en la brasserie de
Lipp con tres días de antelación no suponía
nada. Había que pasar la prueba de la seducción en la misma puerta, pero ese peaje tenía
una ventaja: si el señor Roger Cazes te ins-
peccionaba detenidamente y después te daba
una mesa abajo en un buen lugar donde poder mirar y ser mirado, cabía pensar que eras
un personaje de mundo. Míchel ofreció a Julia la oportunidad de ser ella la primera de
los tres en abrirse paso ante la terrible mirada del Gran Inspector de la Gente Guapa de
París.

—Si el señor Roger Cazes te sonríe ha-
brás alcanzado una cota muy alta —le dijo Míchel mientras cruzaban el paso de cebra de
Saint Germain des Près.

—Los famosos me dan por saco. Lo que
yo quiero es cenar —exclamó Luis.

—Empiezas a no entender las cosas, cariño. Sé muy bien lo que Míchel quiere decir
—respondió Julia.

—Querida, ¿aquí no hemos venido a
comer?

—Yo no —respondió la mujer.

—Julia tiene razón. A esta aula uno sólo viene a examinarse de seducción —comentó Míchel.

Llegaron a la puerta de la brasserie y Julia entró con un aire de desafío. En la recepción se les acercó el viejo con mirada de águila. Antes de preguntarles si habían reservado mesa escrutó el rostro de Julia con parsimonia y luego observó a sus dos acompañantes. Volvió a analizar a Julia y finalmente hizo un gesto de agrado y dio una orden al maître, quien mandó que le siguieran con unas ínfulas que no tenían nada que envidiar a las de cualquier catedrático de la Sorbona. Míchel dio un respiro al ver que, dejando a un lado la escalera del piso superior, aquel hombre les llevaba a un rincón aceptable de la planta baja situado entre unos burgueses de papada bruñida y un tipo con guedejas grises de intelectual que era sorbido por los ojos de una jovencita.

—¿Le hemos caído bien? —preguntó Julia.

—No sabes el nivel que acabas de alcanzar —contestó Míchel.

—No se puede tener un Picasso en el vestidor de casa y que no te den la mejor mesa aquí —dijo Julia.

—Nunca me ha costado tanto dinero ir a un restaurante. He tenido que comprar un Picasso, un Giacometti y un Monet —exclamó Luis.

—No te quejes —dijo Vedrano.

—¿En esto consiste ser divino?

—Te falta tener un Matisse —sentenció el marchante.

Puestos en esta situación, el estado excelente de las ostras ya era una cuestión secundaria. Durante la cena fue el vino la causa de que la conversación bajara desde la altura espiritual de la pintura de Matisse a la profundidad del sexo más húmedo. A Luis se le veía muy excitado por la relación que Míchel y Julia iban trabando en su presencia. Le gustaba favorecer ese juego incitando a su mujer a que coqueteara con su amigo. Hubo un momento en que la mano de Julia fue acariciada por los dos al mismo tiempo mientras se pasaban la botella de borgoña. Por su parte, Míchel sabía que este nudo del sexo con el arte sería indisoluble si lograba atarlo bien. Antes de dormir los tres esperaban ejecutar un número especial a través de las paredes de la habitación, y con un guiño malicioso brindaron por ello al final de la cena.

Al entrar en el vestíbulo del hotel Luthecia a Julia se le fueron los ojos hacia el recepcionista de guardia esa noche, que no se parecía ni de lejos a Dirk Bogarde, quien le entregó un pequeño paquete sonriendo. Cruzaron todo el salón en penumbra y en el ascensor permanecieron en un silencio denso y excitante hasta la cuarta planta. En el pasillo, Míchel y Julia se despidieron con unas palabras secretas después de besarse en la mejilla mientras Luis, sonriente, esperaba a su mujer con la puerta abierta.

En su habitación Míchel se puso cómodo y se sirvió un whisky. Sentado en la misma butaca de la noche anterior esperó a que la función empezara al otro lado del tabique. Primero oyó sonidos de armarios y del cuarto de baño acompañados de algunas risas. Después de un silencio que le pareció muy prolongado comenzó a escuchar voces masculinas y femeninas que tal vez salían del televisor. Míchel ya estaba a mitad del segundo whisky cuando percibió que aquel diálogo se estaba convirtiendo en un orgasmo intenso, pero no reconocía bajo ningún sonido la garganta de Julia. Ella le había dicho que esta vez le mandaría un mensaje mientras hiciera el amor con su marido. Luego de otro silencio medido el orgasmo volvía a repetirse con la misma fuerza. Míchel se dio cuenta de que esta escena de sexo se repetía con una cadencia de diez minutos exactos. Pensó si sus amigos no estarían viendo una película porno, ya que a los golpes y gritos de amor les seguía una conversación anodina. Incluso creyó recordar la voz de un actor en alguna de estas frases que oía, pero a veces el diálogo adquiría cierta profundidad y las réplicas le llevaban a una secuencia de cine que no lograba aislar. ¿Habría alquilado Julia esa tarde la película *Portero de noche* en cualquier videoclub? Míchel pegó el oído al tabique que daba a la cabecera de la cama de sus amigos y cuando ya estaba en disposición de descifrar cada sonido de placer oyó unos golpes en la puerta que separaba las habitaciones.

—¡Míchel, por Dios, ayúdame! —gritó Luis desde su cuarto.

—¿Qué sucede? —preguntó él desde el otro lado de la pared.

—¡Necesito ayuda, ven rápido, por Dios!

—Lo estáis haciendo muy bien sin mí. No necesitáis ayuda de nadie —dijo Míchel divertido.

—¡¡Míchel, Míchel, por Dios, ven, que Julia se muere!!

No sabía cómo interpretar aquellos gritos. Míchel Vedrano se quedó perplejo unos segundos en su habitación pensando si el placer de Julia no sería tan profundo que exigiera un relevo para llegar a la cima. Le perturbaban aquellas voces de auxilio unidas a unos jadeos mecánicos que sin duda salían del televisor. Se decidió a ir a la suite de sus amigos y allí se encontró con la puerta abierta y a Luis sollozando al pie de la cama. Julia permanecía inerte, desnuda, extremadamente pálida, como si estuviera en coma, aunque no respiraba de forma convulsa. El televisor seguía funcionando, pero, de espaldas a la pantalla, ni Luis ni Míchel veían sus imágenes. Míchel abofeteó suavemente las mejillas de Julia, le tomó el pulso, le dijo al oído unas palabras dulces que no sirvieron siquiera para que la mujer moviera los párpados. El médico del hotel tardó un cuarto de hora en subir y durante la espera angustiosa Luis le contó algunas cosas que habían sucedido.

—¿Dónde está el Monet? —preguntó de pronto Míchel.

—Lo he metido en la caja fuerte del hotel. ¿Por qué me preguntas eso ahora?

—Por nada —murmuró Míchel.

—Apaga el televisor —le pidió Luis.

Cuando Míchel se dirigió hacia el aparato en la pantalla se estaba desarrollando la secuencia de un campo de concentración con cientos de mujeres esqueléticas en fila junto a las literas de los pabellones. Al apretar un botón equivocado se fue el sonido y la imagen quedó congelada. En el plano se quedó Charlotte Rampling vestida con un uniforme a rayas y en su rostro tenía una expresión de dolor muy intenso. Al fondo del encuadre aparecía la sombra de un oficial nazi.

—Julia había pedido al conserje del hotel que le alquilara esta película —dijo Luis—. Es una cosa de judíos en la Segunda Guerra Mundial. Quiso verla desnuda, tal como está ahora en la cama. Mientras pasaban escenas de torturas y de cámaras de gas traté de acariciarla, pero Julia me dijo que esta noche no quería que la tocara.

—Creí que lo estabais pasando muy bien. He oído cómo gritaba Julia —dijo Míchel.

—¿Julia? En absoluto. No ha despegado los labios —contestó Luis.

—Entonces sería el televisor. Creo que en esa película había una escena de sexo violento.

—Tampoco. Sólo estaban pasando imágenes de deportados y una historia aburrida de un oficial nazi con la chica en un hotel. En el primer momento pensé que Julia se había quedado dormida. La dejé tranquila un rato, pero en seguida me di cuenta de que su rostro estaba demacrado como el de la protagonista del campo de concentración. La zarandeé un poco y al notar que no respondía te he llamado gritando. Mira cómo está. Parece muerta.

El médico del hotel entró en ese momento. Tampoco es que fuera Dirk Bogarde ni que se le pareciera, pero era un joven de gestos elegantes. Se acercó al borde de la cama sin pronunciar más palabras que las justas para saludar en francés y puso la mano sobre la frente de la enferma. Después le levantó los párpados para verle el iris de sus ojos, que tenían una tonalidad de limón y las conjuntivas muy blancas, sin sangre. Mientras le tomaba la tensión trató de conocer si la mujer había tenido otro episodio parecido alguna vez. Hizo una mueca de desagrado al saber sucintamente algunos detalles del caso y en silencio abrió el maletín, preparó una jeringuilla con un medicamento de choque y le puso la inyección en una vena del brazo izquierdo. Mientras el joven doctor hacía su trabajo Míchel le preguntó de nuevo a su amigo en voz baja:

—¿Por qué has guardado el Monet?

—Está más seguro en la caja fuerte —contestó Luis.

—¿Julia no ha preguntado por él antes de entrar en coma?

—No.

—¿Ni dijo nada?

—No. Conectó el vídeo, se desnudó, se tendió en la cama y al rato quedó postrada como está ahora. No ha hablado en toda la noche —contó su marido.

—Entonces ¿qué voz femenina, si tampoco salía del televisor, gritaba de placer? ¿Quién era la mujer que yo oía? —quiso saber Míchel.

—No sé a qué te refieres.

—Desde mi habitación yo oía a Julia —aseguró Míchel.

—No entiendo nada de lo que dices —negó Luis sin hacerle caso.

El joven doctor tampoco entendía lo que ellos decían. Estaba atento solamente a la reacción de la enferma. Cuando Julia comenzó a mover los labios y a balbucir algunas palabras inconexas, los tres guardaron silencio. Después abrió los ojos, sin fuerza todavía para fijarlos en alguna parte, pero torció la cabeza hacia el televisor, donde el rostro congelado de Charlotte Rampling llenaba toda la pantalla con una expresión patética. Julia sonrió.

—*On dirait que pour le moment elle s'est sauvé* —dijo el doctor.

—¿Salvada? Menos mal. Suele darnos estos sustos a menudo, pero ninguno había sido tan fuerte —murmuró el marido.

—*Qu'est-ce-que vous voulez dire?*

Cuando se despidió el doctor y Julia quedó bajo el cuidado de los dos hombres, viendo que ella aún tenía la mirada fija en el rostro de la protagonista de *Portero de noche,* Míchel puso en marcha de nuevo el vídeo. La secuencia comenzó a desarrollarse con una multitud de mujeres judías deportadas desfilando sobre un montón de cadáveres. Julia apartó los ojos de la pantalla y por primera vez dijo unas palabras. Miró a Míchel con una sonrisa tierna y a punto de llorar le preguntó:

—Parece que acabo de salir del infierno. ¿Dónde está el desnudo de esa adolescente que me habías prometido?

Regresaron a Madrid. Pasó el tiempo y Julia tenía que haberse muerto, pero no se moría. Hacía tiempo que había superado la barrera marcada por los médicos y aunque sufría frecuentes crisis siempre lograba reponerse. De pronto recuperaba la salud sin explicación alguna. Míchel Vedrano empezó a sospechar que en esta mujer se cumplía la teoría de la salvación por el amor a la belleza. Precisamente este argumento es el que Vedrano esgrimió ante el señor Segermann para que le diera a vender el dibujo de Matisse.

—Éste es un negocio a medio plazo. Hay que dejar que la obra repose en el depósito un par de años para que el mercado la olvide. Hoy ese cuadro está todavía quemado —le dijo el señor Segermann.

—Es un caso de vida o muerte —le suplicó el marchante.

—¿De qué me habla, señor Vedrano?

—Esta obra de arte podría salvar a una coleccionista desahuciada por los médicos.

—¿Lo dice en serio?

—Totalmente.

—Por muchos milagros que usted espere de ese Matisse hay que cumplir las reglas de este negocio. ¿Recuerda? Sólo hace seis o siete meses que pujé por ese desnudo en Nueva York. Todo el mundo conoce el precio que pagué, ¿no es cierto? Incluso muchos no habrán olvidado lo que le sucedió a Sakatura. No sería elegante que en tan poco tiempo yo ganara tanto dinero como pienso pedir.

—Mi cliente estaría dispuesto a pagar lo que fuera —afirmó el marchante.

—Sólo haría eso un advenedizo, un caprichoso o un incauto, y yo pasaría por un estafador. Pero tiene mi palabra. Cuando ese dibujo purgue el olvido necesario será usted el primero en venderlo —dijo de forma irrevocable el señor Segermann.

A esta labor para ablandar el corazón del judío internacional tenía dedicada toda su mente Vedrano mientras Betina iba y venía a Nueva York, gastando la comisión que había recibido por su participación en el negocio del Monet. Era el primer dinero loco que había ganado en su vida, tanto es así que estos millones le rompieron el alma y comenzó a soñar que tal vez ella podría poner una galería a medias con Míchel en el Soho y tener de empleado a su novio, el negro Nelson, que cambiaría el uniforme del ratón Mickey por una ropa de diseño con la entrepierna suficientemente holgada para que le cupiera toda la pistola.

Este sueño había pasado por una fase de exaltación después de haber hecho el amor con Míchel en la trastienda del estudio rodeada de cuadros. Betina se había entregado a esta experiencia para celebrar que esa mañana en el juzgado habían condenado al guardia civil que hacía ya casi un año la humilló en el aeropuerto de Barajas. En el juicio se había proclamado que cualquier mujer tiene todo el derecho a utilizar un vibrador donde le venga en gana, en el aeropuerto o en la cama, sin que este objeto pueda ser sustituido por un hombre de carne y hueso aunque lleve un tricornio en la cabeza. Sin duda esta sentencia sentaría jurisprudencia y tal vez el uso del vibrador, como símbolo de independencia y de libertad, sería añadido a la Declaración Universal de los Derechos Humanos de la Mujer. Eso hizo tan feliz a Betina que a la salida del juzgado le dijo a Vedrano:

—Me prometiste que un día me explicarías una teoría misteriosa del arte que te contó el Holandés en la cárcel.

—Así es —contestó el marchante.

—Entonces ¿por qué no follamos de una vez y me lo cuentas?

—¿Cuándo?

—Ahora mismo. Llévame a tu estudio.

Betina rehusó el lujoso tresillo de cuero negro. Tampoco le gustaba hacer el amor en la moqueta del salón, aunque era de esa calidad que no deja los riñones despellejados al final del combate. Después de abrir varias puertas y andar husmeando, Betina eligió la trastienda, donde había muchos cuadros arrumbados. Entre los dos dejaron un espacio libre en el suelo de baldosa. Se tumbaron en la penumbra del almacén sobre una manta y mientras se iban desnudando Míchel comenzó a poner las cosas en su lugar.

—Supongo que no tendrás el mal gusto de compararme con Nelson.

—Descuida.

—Soy un amante de corto alcance y tú estás mal acostumbrada. Ese negro debe de tener un grifo entre las piernas.

—Ven aquí, no seas tonto —murmuró mimosa Betina.

La chica tenía una experiencia amorosa muy amplia y dominaba todas las facetas. Se había pasado por el cuerpo a lánguidos, feroces, audaces, neuróticos, melancólicos, vanidosos, llorones y penetradores natos, de modo que no le sorprendió la escena de amante gastado e impotente que le montó el marchante. Hicieron el amor sin tensión, sin nervios y con una pasión medida, como si se conocieran de toda la vida, pero lo que más había excitado a Betina era aquel lugar lleno de cuadros de enorme valor y también las palabras distintas que acompañaron a sus caricias.

—Me gustas —murmuró con la garganta oscura Betina.

—¿De veras?

—Me gustas mucho.

—No te muevas tanto que me vas a joder el Tàpies —le susurró al oído Vedrano.

—Perdona, cariño.

—Pon la pierna así. No le vayas a dar al Miró, amor mío.

—Me gustas —gimió Betina muy excitada.

—Apóyate en este alabastro de Chillida, pero sigue, sigue, sigue, aunque lo destroces, por favor, sigue, aplástalo de una vez.

En el último espasmo, su cabeza había dado contra un Tàpies de materia y al garrear de placer sus piernas habían echado atrás unas litografías de Miró, un móvil de Calder, una acuarela de Dalí y otras obras de arte. Fue precisamente eso lo que más le había gustado, que su orgasmo estuviera expandiendo el genio de estos artistas. Durante esa hora de amor, Vedrano había usado su elegante pasividad como un arma y Betina había trabajado sobre él como una esforzada criatura que cree en el placer sobre todas las cosas. Ahora estaban tumbados en el suelo boca arriba y sus ojos se habían hecho por completo a la penumbra que había desvelado todos los cuadros. Fue en la laxitud que sigue al deseo cuando Míchel dejó la mano sobre el vientre de Betina y comenzó a explicar la teoría de Henry el Holandés.

¿Por qué una Virgen puede hacer un milagro si le rezas ante el altar y no en la tienda de un anticuario, si es la misma imagen? ¿En qué cambiaría la *Piedad* de Miguel Ángel si en lugar de venerarse en la basílica de San Pedro fuera admirada en el Louvre? Todo lo que hoy se considera arte, la danza, la poesía, la pintura, en el momento de su aparición en la historia tuvo un sentido religioso. Servía para comunicarse con un Dios que podía salvarte. Los santos de las iglesias han recibido infinitas

plegarias a través de los siglos; las tallas románicas o góticas, las tablas flamencas que con-
tienen una Virgen con el Niño, lo mismo que
los ídolos negros de África o las reliquias cris-
tianas, están cargadas de energía gracias a la
devoción de los adoradores, al amor que ins-
piraron o al terror que despertaron. Cuando
Henry el Holandés las cambiaba de sitio, ¿por
qué tenían que perder su poder sobre las personas? Su teoría consistía en que la piedad reli-
giosa ha sido sustituida hoy por una emoción
laica que llamamos estética, pero el efecto es
el mismo. Cualquier devoto de imágenes milagrosas que se convierta en un coleccionista
de arte debería ser consciente de ese misterio y
tratarlo como materia de fe, pero debe haber
alguien que se lo explique como hacían los viejos chamanes.

—La belleza te sana, te salva, te hace
inmortal por sólo entregar tu vida a ella como
hacen los místicos con Dios —dijo finalmente
Vedrano.

—¿Y no te puede matar si hay una mal-
dición?

—Quién sabe.

—Déjame que te acaricie un poco
—murmuró Betina.

—Siempre ha habido unas imágenes
más milagrosas que otras. También hay obras

de arte con distinta fuerza energética según el genio del artista que las haya creado. No es necesario que se trate de vírgenes y santos. El arte profano también tiene un alma divina. A Matisse le llamaban el Doctor por esa facultad que tenía de transmitir felicidad. Su cuadro *La alegría de vivir* era considerado como un paraíso curativo.

—¿Crees que esta teoría funciona en el caso de Julia y por eso no se muere? —preguntó Betina.

—Tal vez.

—¿Se habrá dado cuenta?

—He ido cotejando sus mejorías de salud con las fechas de adquisición de obras de arte. Existe una extraña coincidencia que no se explican los médicos —dijo Míchel dejando que la mano suave de Betina se deslizara por sus muslos—. Recuerdo que le hizo mucho efecto la escultura de Giacometti, lo recuerdo muy bien, y con el Monet casi llegó a curarse del todo.

—Cariño, ¿cómo sabes tantas cosas? Me gustas. Dime qué quieres que te haga —dijo muy excitada Betina.

—Estoy seguro de que aquella noche en el hotel Luthecia, si Luis no hubiera bajado el Monet a la caja fuerte no le habría pasado nada —aseguró Míchel.

8.

Al iniciarse la década de los noventa la crisis económica aún no se había manifestado. La especulación en obras de arte estaba a punto de alcanzar su cota máxima, y una legión de reventas, intrusos, nuevos galeristas y millonarios recientes con dinero negro se había apoderado de este negocio. Ningún marco tenía hembrilla porque nadie colgaba los cuadros, e incluso los coleccionistas más clásicos habían sido atacados por ese juego de comprar y vender. Las piezas doblaban en poco tiempo su precio sin salir de las trastiendas, las subastas se habían convertido en fiestas de sociedad donde los grandes camellos imponían su ley y los marchantes parecían felices a bordo de ese bólido, hasta que un día sobrevino el reventón de las cuatro ruedas.

En medio de ese furor especulativo sucedieron algunos hechos decisivos en el interior de ciertas almas. Como Julia sobrevivía y ningún médico conseguía explicarse su caso, alguien le sugirió a Luis Bastos que la llevara a Nueva York para una exploración definitiva en el hospital Mount Sinai. Míchel había tratado de que Julia conociera la teoría de Henry el Holandés para que relacionara sus altibajos de salud con las obras de arte que adquiría, pero en esa época ella había caído en manos de un psicólogo que también era su profesor de yoga y éste le había asegurado que toda su fuerza interior se debía a la decisión de no sacar el anillo de brillantes de la pileta de los nenúfares. Ese acto de renuncia era un punto zen muy importante en su camino de perfección, y muchas veces en las sesiones de yoga guiaba a la mujer con estas suaves palabras:

—Mientras controlas la respiración concentra primero tu mente en la boca del estómago..., luego en tu vientre..., respira... Ahora lleva tu mente a los pies..., respira..., respira... Ahora sumérgela en el estanque..., busca las raíces acuáticas..., descubre el brillante..., concéntrate ahora en su fulgor..., ese brillante es eterno..., apoya en él la palanca para saltar..., exhala..., exhala...

Míchel Vedrano en cambio no cesaba de repetirle que sus momentos de esplendor físico se debían a la inyección de placer que le proporcionaba el arte. La belleza la mantendría siempre llena de vitalidad. Su última fuerza se derivaba aún del Monet que estaba colgado en su dormitorio, no de esas plantas del

jardín, que eran reales y nada más. Y si el agua
cenagosa contenía un brillante, el óleo de Monet tenía una firma llena de magia que valía
infinitamente más que aquella joya.

El profesor de yoga, un tal Carlos Alberto Pimentel, le daba alimento espiritual mientras el marchante Vedrano seguía abasteciendo
de cuadros a Luis Bastos, aunque Julia llevaba
ahora el control e imponía el gusto en las nuevas adquisiciones. Ambos penetraban por un
costado distinto de su alma tratando de apo-
derarse de ella con un milagro.

En esa época, Betina había impuesto
aún mayor velocidad a su vida. Había alquilado un loft en Broome Street, en pleno Soho de
Nueva York, y parte de ese espacio lo había reservado para una futura galería de arte por si
el pacto con Vedrano llegaba a buen término.
De hecho, el negro Nelson, convertido en su
asalariado, estaba allí derribando tabiques y su-
biendo muebles al apartamento. Por otro lado
Segermann había detectado ya los primeros
síntomas de la inminente caída del mercado y
recomendó a Vedrano que levantara el vuelo
de Madrid y se instalara en Manhattan para beber directamente del manantial. Le había insi-

nuado que si las cosas marchaban bien podrían asociarse.

Míchel Vedrano obedeció ciegamente y abrió una oficina en Prince Street, muy cerca del loft de Betina, cuando los galeristas neoyorquinos más avispados estaban a punto de traspasar sus locales del Soho a las firmas de modistos famosos para trasladar sus galerías al distrito de Chelsea, entre la Décima Avenida y el río, donde ahora sólo había talleres mecánicos y depósitos de carne congelada. En ese barrio vivía el negro Nelson y allí era donde Betina había recibido sus choques frontales en los últimos viajes a Nueva York. En pocas semanas Nelson se había convertido en criado para todo y al mismo tiempo en un fastuoso perchero de Valentino. Había cambiado el uniforme de Mickey por chaquetas amplias sin solapas y se había pelado el cráneo, dejándose en la pared del cogote una inscripción de pelo prensado con el anagrama que Betina pensaba poner a su galería.

A estas alturas Julia ya estaba preparada espiritualmente para ir a Nueva York. Tenía que someterse al último veredicto médico en el Mount Sinai, y por otra parte los negocios de su marido no marchaban demasiado bien. Luis había vendido la finca de caza y después de tapar los primeros agujeros, con el resto del dinero siguió comprando pintura para complacer a su mujer. Sin duda era más estético adquirir un Juan Gris que llenar de plomo la barriga de unos venados. Su colección fue creciendo bajo la dirección de Míchel, y Julia ya era conocida por todos los galeristas de Madrid, aunque sólo Vedrano sabía el pacto que había hecho con la muerte. Llegó un momento en que todas las paredes de su casa estaban cubiertas de óleos, pero nadie puede considerarse un gran coleccionista si no tiene obras de arte debajo de la cama. En la mansión de Julia había pintura incluso detrás de las cortinas y acababan de construir un sótano acorazado para guardar más.

En el mercado de cuadros los etiquetados y facturados en Nueva York tenían un sobreprecio, por eso pintores de todo el mundo trabajaban allí sólo para que sus lienzos llevaran esa estampilla en el revés de la tela. Betina había dejado su puesto en el banco consciente de que podría recuperarlo en cualquier momento gracias a su padre. Ahora había descubierto el placer de embalar, mandar, traer, pasar piezas de arte por las aduanas, y su alma se había hecho a este trasiego entre Nueva York, Ginebra, Colonia, Madrid y Nueva York con toda naturalidad. Pero guardaba todavía un sentido demasiado reverencial del arte. Fue un percance con un dibujo de Picasso cuando iba a tomar el avión en el aeropuerto Kennedy lo que le dio la medida exacta de las cosas.

No se sabe en qué iría pensando Betina, aunque cruzando Manhattan dentro de un taxi lo probable es que soñara con cualquier andén del suburbano poblado de violadores. Era medianoche en Madrid cuando el teléfono de Vedrano sonó con la llamada de Betina deshecha en sollozos.

—¡¡Míchel!! ¡¡Míchel!!

—¿Qué pasa? —preguntó alarmado el marchante.

—¡¡Míchel, ha sido una desgracia!! —lloraba sin parar Betina al otro lado del océano.

—Dime qué ha pasado.

—Míchel, es terrible, es terrible. He olvidado el Picasso en el taxi que me traía al aeropuerto.

—¡¡Bah..., era eso!! Me habías asustado. Creí que te había pasado algo a ti —dijo con toda tranquilidad Vedrano.

—No sé en qué iría pensando. Iba a perder el avión y he perdido el cuadro —siguió gimoteando Betina.

—Olvídalo. Nos resarciremos de este golpe dando otro pelotazo. La semana próxima llegaré a Nueva York con Julia. Trataremos de pasarlo bien. Eso es lo importante.

Era la primera vez que Julia viajaba a Nueva York. Puesto que esta ciudad es siempre un estado de ánimo, en ese momento era para ella una mezcla de fascinación y de angustia. El médico le había dicho que la última palabra en enfermedades de la sangre la tenía el doctor Joseph Brandon, del hospital Mount Sinai. Después de pasar las pruebas correspondientes su diagnóstico podía considerarse definitivo, lo mismo que su pronóstico. Se trataba de aprovechar también el viaje para ver galerías y museos, comprar ropa, asistir a algún musical de Broadway acompañada por su amigo y consejero, sin cerrarse a cualquier emoción que les deparara el destino. Julia tenía reservada una habitación doble en el Plaza porque su marido se uniría a ellos unos días después, si lograba resolver un grave problema de la inmobiliaria.

Míchel Vedrano quiso que Julia recibiera un primer impacto de Manhattan en todo su esplendor y mandó al conductor de la limusina que entrara por el puente de Queensboro. Los rascacielos de Midtown a las cinco de la tarde de ese viernes estaban siendo abandonados por los ejércitos de oficinistas hacia el fin de semana. Mientras le señalaba a Julia por la ventanilla ahumada el edificio de la Chrysler, el Empire y las Naciones Unidas y le hacía observar algún tipo pintoresco en la calle, el marchante sólo pensaba si el señor Segermann habría cumplido su promesa.

Míchel había preparado un plan para ese mismo día, tan pronto como Julia se hubiera instalado en el hotel. Primero la llevó al River Café, junto al puente de Brooklyn, para contemplar juntos la famosa puesta de sol sobre la línea del cielo de Manhattan. En la terraza al pie de las aguas del East, Julia pidió un dry martini según había soñado tantas veces, y Míchel la acompañó en esa bebida sólo para poder intercambiarse las aceitunas con un primer beso. Según algunos maestros del amor ese gesto daba suerte.

Durante la caída de la tarde el marchante se levantó varias veces a hablar por teléfono y, aunque nunca volvía sonriente, se mostró muy afectuoso con su amiga, que estaba profundamente sumida en sí misma cuando el sol se ocultaba por detrás de Manhattan y la primera oscuridad se iluminó con aquel enorme brasero de los rascacielos. Era el momento de cogerse de la mano y de contemplar en silencio el espectáculo, como hacían otras parejas sentadas en la misma terraza. Bebieron hasta que se hizo de noche sin que el marchante le confesara por qué se había empeñado en acompañarla a Nueva York.

—He reservado una mesa para cenar en Peter Luger —le dijo.

—¿Peter Luger?

—Es un restaurante que hicieron famoso los gángsters en los años treinta. Dan una carne muy buena —le dijo Míchel.

La limusina les trasladó a una parte del mismo Brooklyn, muy cerca del puente de Williamsburg, donde los distinguidos clientes habían llenado las aceras con sus cochazos y ahora ocupaban todas las mesas y bancas de madera de ese comedor de mafiosos. Mientras Julia intentaba simular apetito frente a un enorme bistec no dejaba de sentirse incómoda en aquella atmósfera. Las paredes estaban cubiertas de fotos amarillas de grandes personajes y de recortes de periódicos enmarcados de una época fenecida. Míchel le contó que hacía poco hubo allí un tiroteo entre bandas rivales y habían muerto un capo y tres de sus guardaespaldas, y fue entonces cuando la mujer le manifestó que se sentía preocupada por su marido.

—Le encuentro nervioso. Apenas me dirige la palabra —dijo Julia dejándose medio bistec en el plato.

—¿No te gusta? —le preguntó Míchel.

—Demasiada carne para mí. Estoy asustada, ¿sabes? No sé si Luis está tan nervioso por mi salud o por sus negocios. ¿Has oído algo tú? —preguntó la mujer.

—¿De qué?

—De un desfalco en la inmobiliaria Bassa.

—Nada en absoluto —le aseguró Míchel.

Era la primera noticia que recibía sobre este asunto. Si fuera cierto que las empresas de Luis Bastos habían entrado en crisis el marchante se quedaría sin su mejor cliente. Trató de desviar la conversación. El ambiente del Peter Luger daba pie para recobrar un mundo de quiebras, metralletas de italianos y sombreros borsalinos. No era el mismo aire de La Coupole, ciertamente. Durante su estancia en París los tres rememoraron una época de pintores bohemios, coleccionistas locos y modelos divinas. No había pasado tanto desde aquel viaje lleno de gloria; ahora, en este restaurante de Brooklyn, flotaban en el aire los fantasmas de la Gran Depresión y su pensamiento derivaba hacia el mal agüero que se cernía sobre la economía.

—Esta gente parece sacada de las películas —dijo Julia.

—En el River Café ha rodado muchas escenas Woody Allen, pero este sitio es como si estuviera pensado para un cine con muchas pistolas.

—Ideal para que mi marido confiese que está arruinado.

—No pienses en esas cosas. Tienes la casa llena de cuadros. Valen una fortuna.

—Está bien. Brindemos —propuso Julia.

Brindaron con un vino de California sobre la tarta de queso que ella apenas probó. Esa misma noche Vedrano quería llevarla al Templo del Jazz, en Greenwich Village. Antes de levantarse de la mesa Julia volvió a preguntar por Betina.

—La veremos mañana en el Metropolitan —dijo Míchel.

—Me gustaría conocer a su novio.

—Nelson ahora trabaja para ella.

—¿Y tú para quién trabajas?

—Lo sabes muy bien —contestó el marchante.

—En cuanto mi marido deje de comprarte cuadros desapareceré de tu vida.

—Eso no sucederá nunca, Julia. Hay algo en camino que nos va a unir para siempre.

—¿A qué te refieres?

El lunes a primera hora se sometió a los análisis en el hostipal Mount Sinai. El doctor Brandon la tuvo hospitalizada toda la mañana y mientras esperaba el resultado para el jueves siguiente, Julia hizo en Nueva York lo que hubiera hecho cualquier otro turista de nivel: fue a Harlem, compró ropa en Barney's, tomó aperitivos en las terrazas del Village, asistió a una fiesta que daba un pintor de la Marlborough en su estudio de Tribeca, visitó el Moma, el Guggenheim y el Metropolitan varias veces, se paseó por Madison viendo escaparates. Míchel Vedrano la protegía. Betina la acompañaba. Nelson la ayudaba a llevar paquetes y a subir escaleras tratándola como a una persona delicada de salud, aunque ella se esforzaba en comportarse con buen ánimo, pese a que se sentía siempre cansada.

Míchel sabía que en cuanto quisiera podría llevársela a la cama, pero mantenía la relación sólo en ese estado de excitación previa, y esta tensión erótica entre ellos era tan placentera que ninguno de los dos hacía nada por alterarla. Julia tenía cada día los ojos más negros y más grandes. Su rostro se iba haciendo cada vez más lívido, más fino, y sin ningún esfuerzo había conseguido parecer una neoyorquina congénita. El marchante supo que Julia había adquirido una considerable altura como espectadora de arte al entrar un mañana en una galería de Leo Castelli, en un piso del 420 West Broadway, en el Soho.

—Míchel, fíjate qué suelo tan bonito —comentó Julia.

—Es cierto —dijo el marchante.

—Parece cemento pero no lo es. ¿De qué estará hecho?

—No sé —respondió Míchel sin ocultar su admiración.

—¿No te parece increíble?

Recorrieron esa exposición de Instalaciones. Uno de los montajes consistía en una gran estancia desnuda con las paredes blancas; en el centro colgaba de un sedal invisible un huevo rojo.

—¡Qué curioso! —comentó Julia.

—¿Has dicho qué curioso? ¿He oído bien? —preguntó Míchel.

—Sí. He dicho qué curioso.

Al bajar a la calle, Vedrano hizo saber a Julia que en tan sólo dos expresiones inconscientes ella había resumido toda la estética del arte actual y la actitud espiritual de la modernidad frente a las últimas vanguardias.

—¿Cómo? Explícame eso —pidió Julia entusiasmada.

—Has entrado en la galería de Leo Castelli, la más snob del mundo, y antes que nada te has fijado en el suelo. Has dicho que el suelo de la galería era increíble. Después te has acercado a una instalación y has comentado: ¡qué curioso! Es lo mismo que dicen hoy los estetas más sublimes.

—¿De verdad dicen eso los entendidos?

—Te felicito. Ya no tengo nada que enseñarte.

Míchel Vedrano estuvo pendiente esos primeros días de una llamada de teléfono que no se producía, pero trataba de ocultar su nerviosismo llevando de acá para allá a Julia por Manhattan. En realidad la estaba preparando para un gran acontecimiento. Ella esperaba que Luis le anunciara su llegada. Finalmente Betina comunicó a Vedrano las buenas noticias que acababan de llegar de Suiza. También ese mismo día por la tarde Luis Bastos dejó aviso en el Plaza de que había tenido que suspender el viaje a Nueva York por asuntos de la empresa, de modo que Julia iba a quedarse a solas con su amigo hasta una nueva comunicación.

Luis Bastos había dejado un mensaje en el contestador del apartamento de Vedrano con un encargo delicado que el marchante no escuchó porque no había reparado en la luz roja. La grabación estaba hecha con voz alterada: «Míchel, soy Luis. No puedo ir a Nueva York porque mis cosas se han complicado con los bancos. Desde la guerra del Golfo esto es un desastre. No dejes sola a Julia en estos momentos. Tenía que hablar con el doctor Brandon para controlar el resultado de los análisis si es alarmante. No he podido hacerlo. Hazlo tú, por favor. Habla con él y si la cosa sigue siendo grave trata de que no se entere Julia. Espero veros pronto. Un abrazo».

Quiso que el encuentro se produjera sin testigos. Había pedido a Nelson que llevara la caja directamente de la aduana al apartamento de Prince Street. Míchel estaría allí para esperarlo. Después de varias jornadas agotadoras Julia había pedido quedarse descansando todo el día en el hotel. Quería estar bien dispuesta para la velada íntima que Míchel le había preparado esa noche, y éste, a la caída del sol, fue a buscar a la mujer al Plaza en la limusina blanca más larga que había en Nueva York. Desde el hall la llamó por teléfono y la esperó tomando una copa en el Oyster Bar. Julia tardó media hora en bajar. Durante la espera Míchel recordó una vez más las palabras que en aquella fiesta le había dicho Luis Bastos: «Quiero que te acuestes con mi mujer. Le quedan tres meses de vida. ¿Puedes hacerme ese favor?». Habían pasado dos años. Y Julia no había muerto. Ahora se estaba arreglando en la habitación y Míchel bebía un Jack Daniels abajo entre ruidosos ejecutivos acodados en la barra. Muy cerca del Oyster Bar estaba la toilette de señoras. Siempre que estuvo hospedado en este hotel Vedrano había tenido la misma fantasía: entrar en ese elegante cuarto de baño y hacer el amor con cualquier desconocida que encontrara en el vestíbulo. ¿Qué pasaría si invitaba a Julia a meterse allí con él y se despedazaban los dos sin que les oyera nadie?

En cuanto vio entrar a Julia en el bar supo que había sucedido algo grave. Míchel se apeó del taburete de la barra para recibirla y ella le miró con una profunda desolación en silencio, pero consiguió no llorar. Sin responder a ninguna de sus preguntas la mujer pidió una ginebra y no comenzó a hablar hasta el segundo trago. ¿Qué había pasado? ¿Había quebrado la inmobiliaria? ¿Se habían hundido por fin los laboratorios de su marido? Julia negaba con la cabeza mientras bebía con algunas lágrimas. Finalmente, muy despacio, abrió el bolso y sacó un sobre que dejó en la barra junto al vaso de whisky de su amigo. Si Míchel hubiera escuchado el mensaje de Luis podría haberse evitado esa escena tan dramática, pero ya no había remedio.

—Esta mañana he ido al Guggenheim y al Metropolitan a ver pintura —dijo Julia.

—Bien, ¿y qué? —preguntó Míchel.

—Al salir he pasado por delante del hospital. Estaba paseando por el parque y la Quinta Avenida y de pronto me he acordado de que hoy era jueves. Dime la verdad. No estaba previsto que fuera yo quien recogiera estos análisis. Tenía que haberlo hecho Luis si hubiera llegado ayer o tú mismo, ¿no es así?

—Bien, ¿y qué? —volvió a preguntar Míchel alarmado.

—Esta vez nadie los ha falsificado. Estos análisis son auténticos. Léelos, si quieres. Míchel, me voy a morir, me voy a morir. Lo dice ahí bien claro —murmuró Julia llena de angustia.

—No es verdad —exclamó Míchel.

—En el informe que acompaña los análisis se habla de leucemia aguda y todos los síntomas que detalla coinciden con lo que tengo yo.

—No es verdad. ¿Has hablado personalmente con el doctor Brandon?

—Estos médicos americanos nunca mienten. Es el hospital más avanzado del mundo. Míchel, me voy a morir, me voy a morir. Lo dice en ese papel bien claro. Leucemia aguda. Sin solución.

—Si eso fuera cierto, ¿por qué no te has muerto ya?

—No lo sé.

—Mañana hablaremos con el doctor. Tranquilízate —le dijo Míchel.

Julia llegó atiborrada de sedantes, por eso obedecía como una autómata a cualquier insinuación de su amigo. Cuando salieron del Oyster Bar, Míchel le preguntó si no deseaba entrar en la toilette y ella dijo que sí. Míchel la siguió hasta el retrete sin que la mujer reaccionara. Una vez allí comenzó a besarla con mucha ternura, pero Julia se puso a llorar de forma tan violenta que sus sollozos llegaron hasta el pasillo. Alguien preguntó desde fuera:

—¿Señora, tiene algún problema?

—Gracias. Estoy bien. Déjeme, por favor —respondió Julia.

—Perdón, siga usted llorando —dijo la voz antes de cerrar la puerta del lavabo.

—¿Por qué te has metido aquí? Nos estamos buscando un lío —murmuró Julia abandonándose a los besos.

—No pienso dejarte un minuto sola.

—¿Temes que me vaya a suicidar? Aunque sé que voy a morir, no lo pienso hacer.

Míchel y Julia se abrazaron dentro del retrete en silencio y después de haberse excitado hasta el punto culminante, cumplida la fantasía, de pronto él cortó la escena y le dijo al oído que en su apartamento había quedado con una amiga. Tenían una fiesta. No podían hacerla esperar.

Camino de Prince Street la mujer llevaba la mirada perdida en el cristal de la limusina. Iba recordando las emociones de todos esos días en Nueva York y, ante la sensación del fin de la vida que la atenazaba, cualquier cosa que veía, la gente de la calle, los coches, los escaparates, los hechos más sencillos, adquirían una importancia absoluta. Todos los anuncios invitaban a vivir porque daban por supuesto que el mundo era eterno. Se moriría y ese cartel seguiría ahí incitando a beber Coca-Cola, pensaba, y así continuó hasta llegar al rellano del estudio, y sólo cuando Míchel giró el llavín de la puerta blindada la mujer preguntó:

—¿Dices que nos espera una amiga?

—Así es —respondió Míchel.

—¿La conozco?

—Es la novia de Matisse.

La puerta del apartamento se abrió al salón, donde en un caballete, iluminada con un foco, estaba Antoinette y era imposible no verla al instante en toda su fascinación. El dibujo brillaba al fondo bajo la única luz de la estancia. Míchel dejó un buen rato el salón en penumbra y mandó a Julia que se sentara en el futón frente al desnudo mientras él preparaba una copa en la cocina. Al regresar al salón con los vasos encontró a Julia sonriendo y secándose las lágrimas. Para ella había sido una sorpresa encontrar esa imagen tan bella en un momento de tanta amargura. Después de observarla mientras bebía en silencio preguntó:

—¿La has guardado para mí?

—Así es —contestó Míchel.

—¿Es esta imagen la que nos va a unir para siempre?

—Eso espero.

—Es realmente un dibujo fascinante. No sé si Luis tiene dinero ahora para comprarlo.

—Si no lo tiene, lo tendrá que robar. Nadie es un buen coleccionista si no atraca un banco para cumplir un sueño como éste.

—Sé que un día Luis te pidió que te acostaras conmigo —dijo Julia.

—Siempre lo tomé como un juego.

—Tendrás que hacerlo pronto.

—¿Cuándo?

—Antes de que me muera.

Sentados en el futón bebieron bajo la mirada de la novia de Matisse y el reflejo del cristal era la única luz que iluminaba el salón. Míchel comenzó a acariciar la mano de Julia. Le pasó la yema de los dedos una y otra vez por las venas muy azules del dorso que llevaban una sangre poseída por un mal irremediable. Buscó esas mismas venas por el antebrazo, y mientras sentía en su mano la palpitación del pulso, Míchel le habló del esplendor de los días felices que Matisse había querido expresar en el cuadro *La alegría de vivir,* con unas figuras desnudas en un paraíso donde esa adolescente se desperezaba contemplando una danza. Tal vez la sangre de Julia estaba envenenada, pero su cuello era blanco y largo y al besarlo suavemente Míchel notó un flujo caliente que bajaba y subía. La pareja se demoró en estas caricias. Llevaban mucho tiempo ensayando esta escena de amor y sólo pensar que esta vez la pasión les llevaría hasta el final les tenía muy excitados. Bebían. Se acariciaban. Hablaban.

—¿Cuál es el precio? —le preguntó Julia.

—Cincuenta millones.

—Creo que Luis está muy mal de dinero ahora. Todas las desgracias se juntan.

—Estamos muy bien aquí, ¿no? Ella nos mira. Quiere que seamos felices. Anda, ven.

Míchel comenzó a besarla en la boca y ella abrió los labios para fundir la lengua profundamente. Querían demorar las caricias y después del primer abrazo Julia quedó con la blusa desabrochada y parte del sostén bajado, la palidez del rostro encendida jadeando, pero separaron los cuerpos y volvieron a beber mientras contemplaban en silencio a la novia de Matisse en el caballete. La modelo desnuda había sido captada en el momento en que parecía estar arqueándose. El artista había convertido ese movimiento en un instante perenne.

Volvieron a abrazarse y esta vez sus manos avanzaron hacia la intimidad de sus cuerpos y no podían dejar de ofrecer el placer a aquella imagen. Un hombre maduro y una bella mujer demacrada, joven y condenada a morir estaban haciendo el amor como una ceremonia ante la belleza de aquel cuadro de Matisse. Julia había soñado muchas veces con esta escena desde que un día Míchel le aseguró que se iba a producir. Estaban sentados en el futón bebiendo y el placer que ascendía por las venas de Julia hasta su cerebro le obligaba a olvidar la muerte, pero en medio de los jadeos Míchel no sabía si la mujer lloraba puesto que notaba humedad de lágrimas en los labios.

—Haré todo lo necesario para que este Matisse sea mío —dijo Julia.

—Te quiero —murmuró Míchel en su oído mientras la acariciaba.

—Se vende lo que haga falta. La fábrica, los laboratorios, no me importa nada más que este dibujo —insistió ella.

—Deja que te bese tu pecho.

—Recuerdo que un día dijiste que hacer el amor ante una obra de arte era parecido a amarse en alta mar en la cubierta de un velero. Ahora no sé dónde estoy navegando.

—Estás en Nueva York, en mis brazos, delante de un Matisse.

—No creo que haya un mar más profundo.

—Ven. Dame eso.

—¿Qué quieres?

—Dámelo.

—Algún día me dejarás.

—Nunca.

—Me moriré muy pronto o mi marido se quedará sin dinero. De cualquier forma, te perderé.

—No.

Míchel extendió el futón y Julia se abandonó completamente abierta y sus ojos comenzaron a nublarse, pero en plena oscuridad del cerebro había un punto de luz azul que se desprendía del cuadro de Matisse. Alcanzó la cima del orgasmo dando un grito de auxilio que conmovió a Míchel mientras la empujaba con mucha fuerza.

—Vas a ser mía para siempre —gimió él contra sus pechos.

—Te amo. ¡Sálvame! ¡Sálvame! —volvió a gritar Julia entre sollozos.

Después de una noche de amor llegaron juntos al hospital Mount Sinai a media mañana, donde fueron recibidos por el doctor Brandon sin demasiada demora aunque no tenían cita. Hasta que se abrió la puerta de la consulta la pareja, en la sala de espera, no cruzó una palabra. Julia tuvo la mirada fija en un punto del suelo mientras Míchel hojeaba varios números de *National Geographic* que había encima de una mesa de centro. Una enfermera se asomó por una puerta de cristal, llamó a Julia por su nombre y entraron los dos en una habitación enmaderada, forrada de libros. Detrás de la mesa del despacho estaba el doctor Brandon estudiando los análisis. Levantó el rostro amable, les saludó formalmente, les rogó que se sentaran y luego volvió la vista a los papeles y así estuvo un tiempo hasta que comenzó a hablar con toda franqueza.

—Bien, señora. Mi obligación es decirle la verdad. Me refiero a la verdad desde el criterio de la medicina.

—Entiendo —murmuró Julia.

—¿Es usted su marido?

—Soy un amigo —contestó Míchel.

—Puedo hablar con claridad entonces, ¿no es eso?

—Sí.

—Usted, señora, tendrá hijos, familia, intereses... Aunque sea muy duro hablar de esto mi obligación es notificarle que debe arreglar sus cosas. Estos análisis no dan ninguna opción al optimismo —dijo con rostro severo el doctor.

—Hace más de dos años que vengo haciéndome pruebas. Es la primera vez que han salido mal.

—Es posible. Pero me atengo al resultado del laboratorio.

—Entonces, doctor, ¿qué debo hacer?

—Tenga ánimo. Piense que la muerte y la vida nunca llegan a encontrarse. Mientras usted esté viva la muerte no llegará y cuando llegue usted ya se habrá ido.

—¿Cuándo me moriré? —preguntó Julia de forma descarnada.

—Un médico nunca debe responder a esa pregunta. La vida es un misterio. Pero debe estar usted preparada y tener fortaleza.

—¡Dios mío! —murmuró Julia.

—Sé que es muy duro. No puedo cambiar estos análisis. Eso es todo. Haga usted una vida tranquila. Confíe sobre todo en sí misma —dijo el doctor.

Cuando Julia abandonó el despacho en compañía de la enfermera para rellenar una ficha médica, Míchel se quedó a solas con el doctor Brandon. Se produjo entre ellos un silencio embarazoso. Finalmente Míchel se atrevió a preguntar:

—¿Cree que va a ser inmediata la muerte?

—Si tiene que tomar alguna medida urgente debe saber usted que su amiga estará muerta antes de un mes. Incluso por experiencia podría asegurar que el desenlace se producirá la última semana de octubre. No veo ni una mínima luz en el camino —contestó el doctor de pie detrás de la mesa.

A la salida del hospital, para tratar de serenarse se sentaron en el primer banco del Central Park que encontraron libre, aunque en una esquina había un mendigo. Míchel dejó que Julia llorara sobre su hombro con sollozos ahogados con el pañuelo.

—¿Sabes qué dice un proverbio árabe? —le dijo Míchel para consolarla.

—¡Qué sé yo!

—El proverbio dice: «Pregunta al experto y no al médico».

—¡Dios mío! Voy a morir. No sé cómo es eso.

—Yo soy tu experto.

—¿Mi experto? ¡Dios mío!

—Debes saber algo. Ahora te lo puedo contar. Los primeros análisis que te hiciste en Barcelona, cuando comprasteis el Picasso, ya dieron positivo. Leucemia aguda. Te pronosticaron tres meses de vida. El informe del Instituto Pasteur de París, cuando comprasteis el Monet, también fue positivo. Leucemia aguda. Sin solución.

—¿Me habéis engañado?

—Han pasado más de dos años y no te has muerto todavía. ¿Por qué te ibas a morir ahora?

—¡Qué canalla!

—¿Me llamas canalla?

—¿Quieres hacerme creer que tengo que comprar el Matisse para sobrevivir?

—No.

—¿Entonces?

—Confía en mí. Eres una obra de arte. Yo soy tu experto.

—El doctor Brandon fue director del hospital más importante de Houston. Es la última autoridad. Él es el verdadero experto.

Estoy condenada por el más alto tribunal. No tengo escapatoria —dijo Julia llorando.

El mendigo del banco seguía mirando a la pareja sin dejar de sonreír como si creyera que las lágrimas de Julia se debían a un mal de amores. Se despidió de la pareja de amantes dándoles la enhorabuena porque en el futuro nunca serían tan felices como recordando este día lejano en que lloraron por amor. El mendigo se alejó hacia el fondo del parque. Luego Míchel preguntó a Julia dónde quería que la llevara, al hotel o al apartamento de Prince Street. Pasearon por la Quinta Avenida hasta la esquina del Plaza. El olor a estiércol de caballo llevó de nuevo al marchante a un mundo de grandes negocios, y allí Julia le dijo que prefería ir a ver a la novia de Matisse.

Esta vez no hubo preámbulos. Apenas entraron en el apartamento se precipitaron uno sobre el otro en el futón abierto como en un altar ante aquella imagen, y Julia parecía devorarse a sí misma para sacar la última energía que le quedaba en el cuerpo. Sus leves gemidos ya no eran desaforados, sólo tenían un aliento de súplica dirigida tal vez a su amante, tal vez a la imagen de Matisse.

Esa misma noche en Madrid Luis Bastos supo todo cuanto había ocurrido en Nueva York, el resultado de los análisis, el descubrimiento que Julia había hecho de su enfermedad mortal, la hoguera que había prendido entre los amantes y la oferta del desnudo de Matisse por cincuenta millones. Contestó que estaba dispuesto a comprar el cuadro aunque fuera lo último que hiciera en la vida. Sacaría el dinero del fondo de la Tierra si era preciso. Sin duda pensó que con esta decisión solucionaría todos los problemas que se le habían acumulado. Una emoción se controla con otra emoción más fuerte. Mientras Julia abrazaba a su amante, los dos desnudos ante el dibujo de Matisse, el marido confirmó de palabra la compra. Luis Bastos sabía la cuenta cifrada de Míchel en Ginebra.

—Recibirás el dinero en unos días. Sea lo que Dios quiera. Lo hago por mi mujer —aseguró de forma tajante.

—Gracias. Julia va a ser muy feliz —le contestó el marchante.

—Necesito hablar con ella.

—Toma. Luis quiere saber cómo estás —dijo Míchel pasándole el auricular.

—Luis, cariño..., ha sido un golpe terrible..., pero estoy bien..., no te preocupes.

—El Matisse ya es tuyo —aseguró el marido.

—Amor mío... —murmuró Julia.

—Necesito verte cuanto antes. Toma el primer avión, tráete el cuadro y...

—¿Te encuentras bien? —preguntó ella.

—Ven en seguida, cariño, te quiero mucho, te necesito —le gritó lleno de emoción Luis antes de colgar de repente el teléfono.

Fueron a despedirla al aeropuerto Betina, Nelson y Míchel. Durante el trayecto Julia llevaba la mirada perdida por la ventanilla del taxi y nadie rompió el silencio. Una vez más parecía ir despidiéndose de todas las cosas que veía. Sólo Nelson bromeaba de vez en cuando. Decía que dentro de poco iría a verla a Madrid. Lo mismo le prometieron Míchel y Betina. En el mostrador de Iberia la azafata le preguntó por su equipaje de mano. Julia le contestó que en el paquete llevaba un tesoro particular. Antes de pasar el control de policía Míchel le dio el último abrazo a Julia y le susurró al oído:

—Soy tu experto y sé que no te morirás nunca. Te veré la última semana de este mes en Madrid.

9.

Julia había colgado el desnudo de Matisse en un lugar bien visible desde la cama para poder contemplarlo durante la agonía. Lo hizo de forma inconsciente. Quería irse de este mundo con la retina impregnada de aquella imagen que expresaba tanta felicidad. Por su parte Míchel llevaba la cuenta atrás desde Nueva York. Si el desenlace se iba a producir a final de octubre, según había pronosticado la primera autoridad en la materia, tenía que estar preparado. De hecho ya había reservado su pasaje y el de Betina en Iberia para Madrid, pero Míchel antes había comprobado el movimiento de su cuenta cifrada de Suiza. Luis había soltado el dinero, de modo que la energía de esa obra de Matisse, sin duda, también estaría ya funcionando.

En pleno abatimiento, recién llegada de Nueva York con la sentencia de muerte, Julia se había entregado al consuelo del psicólogo y profesor de yoga; en cambio a Luis se le veía cada día más nervioso. Su silencio era de piedra al volver a casa después de recorrer varias sucursales de bancos.

En sus visitas a la mansión de La Moraleja Carlos Alberto Pimentel imponía las manos a Julia por las tardes, cuando la luz amo-
ratada del otoño se concentraba en el estanque
de los nenúfares. Su filosofía se basaba en
que esa agua putrefacta contenía un diamante,
igual que sucede en la vida de muchas personas, pero el psicólogo no sabía que Julia iba a
morir. Con las clases de yoga trataba de conseguir la concentración mental de su alumna
frente a la pileta vertiendo en sus oídos palabras que parecían inmortales. No obstante, lejos de encontrar el punto inalterable de sí misma, Julia no cesaba de agitarse a caballo de las
recientes emociones y su pensamiento iba desde el hospital Mount Sinai al apartamento de
Prince Street, en una dura pelea entre el amor
y la muerte.

—¿Cómo es el anillo que duerme en el
fondo del agua? —le preguntó el profesor de
yoga.

—Es un brillante montado sobre una
pequeña cobra.

—¿En qué punto de tu cuerpo está en-
roscada esa serpiente? Respóndeme con los ojos
cerrados —le susurró el profesor.

—Estoy sentada sobre ella —dijo Julia
con el mentón en el pecho.

—Despiértala —le ordenó.

El psicólogo iba guiando a la serpiente que estaba dormida alrededor del coxis de Julia para que subiera por su columna vertebral. En la espiritualidad oriental esa serpiente se llama Kundalini y durante su ascensión por la médula va abriendo los espacios de la creación, del amor y del conocimiento a medida que pasa por el sexo, el corazón y la mente. Si logra llegar al centro del cerebro, entonces se produce la explosión de mil pétalos, algo que sólo alcanzan los muy iniciados. Para este ejercicio Julia no estaba preparada porque en medio de la meditación no podía evitar la imagen de Míchel en sus brazos ni el rostro y las palabras terribles del doctor Brandon. La serpiente tenía que pasar por la cresta ilíaca de la mujer, y allí el profesor encontraba una dura resistencia.

—Me siento mal —dijo Julia de pronto.

—¿Qué te pasa? ¿Por qué lloras? —le preguntó el profesor.

—Tengo los ojos cerrados. No me saltan las lágrimas. ¿Cómo sabes que estoy llorando?

Mientras Julia entraba en una etapa de misticismo el nombre de Luis Bastos había comenzado a salir en un periódico sensacionalista mezclado con algunos escándalos políticos, pero él sólo era un empresario que nunca se había mezclado en la lucha de partidos. Primero fue la noticia del incumplimiento en la entrega de unas viviendas. Después un periodista insinuó que se había producido un desfalco en la inmobiliaria Bassa. Al final apareció el nombre de Luis Bastos acusado de estafa por el presidente de una asociación de damnificados. Para pagar los cincuenta millones del Matisse el marido de Julia no había dudado en malvender lo que quedaba de la empresa de exportación de tripas de res. Sin duda, cambiar el boceto del cuadro *La alegría de vivir* por los restos del negocio de ventresca de marrajo y de intestinos de ternera no era sino purificar la propia vida. Pero tal vez no era todo tan limpio porque a Luis se le veía luchar duramente con los financieros, y hubo un momento en que las llamadas de la prensa se superponían a los avisos que le mandaban los acreedores. La economía había sufrido una gran crisis desde la guerra del Golfo. También se habían acabado los fastos de la feria de las vanidades. Otros empresarios de su altura ya habían caído y, aunque no estaba dispuesto a rendirse, Luis comenzó a sentirse acosado por los periodistas y esto le disparó la paranoia.

Pese a estar a punto de morir, Julia se sentía más fuerte que su marido y trataba de sacarle de la depresión. La mística nace de la oscuridad. Desde el fondo de su desgracia Julia había hecho una síntesis serena del dolor con el placer del arte, pero esa tranquilidad a Luis lo ponía frenético.

—¿Cómo puedes pasarte horas inmóvil frente a ese cuadro? ¿Qué ves en él? ¿Por qué le sonríes como una tonta? ¿Le estás rezando? —le preguntó una mañana en la cama.

—La mirada de Antoinette cambia según la luz del día en la ventana —contestó Julia.

—Si tuvieras los problemas que tengo yo... —comenzó a quejarse Luis, pero se cortó de repente.

—¿Problemas? ¿Sabes que me voy a morir muy pronto, tal vez dentro de unas semanas y hablas de tus problemas?

—Es verdad, es verdad. Perdona, cariño.

—Tienes que decirme qué pasa en tu despacho. ¿Es algo importante?

—No te preocupes.

—Acabas de pagar el Matisse. ¿De dónde has sacado el dinero? —preguntó Julia.

—Contempla el cuadro y no preguntes más, y si le rezas, hazlo también por mí —contestó Luis.

Cada uno se enfrentaba al destino de forma distinta. No hay nada tan grave en este mundo que no pueda olvidarse bebiendo. Luis había comenzado a emborracharse cada tarde. A veces llegaba a casa totalmente ebrio después de pasar por algunas barras. Había dejado a un lado el sexo. Ni siquiera le pedía a su mujer que le contara de nuevo su experiencia en la cama con Míchel en Nueva York, cosa que hasta hacía poco tanto le divertía. En cambio la proximidad de la muerte había producido en el interior de Julia una melancolía tan mórbida que sus lágrimas eran las más dulces que había experimentado en su vida. A la caída de la tarde se ponía a escuchar música. La canción *I Love Paris,* cantada por Ella Fitzgerald, le hacía llorar de placer recordando los días felices.

Todo lo había reducido a la unidad, la pintura, la música, la luz del jardín, el perfume de los enebros mojados por la lluvia de otoño, las puestas de sol. Últimamente se dedicaba a clasificar crepúsculos, a analizar sus matices de laca en el cielo, y cuando por encima de su casa cruzaba un avión pensaba en su amante perdido que pronto regresaría a sus brazos. Se sabía a la perfección los horarios. El avión hacia Nueva York salía de Barajas a la hora del aperitivo y desde el jardín de La Moraleja lo veía volar a tan baja altura que podía leer la matrícula en las alas. El avión de Nueva York llegaba a Madrid a las siete y media de la mañana. Lo oía desde la cama, muy lejos, muchas veces lo adivinaba o sólo lo soñaba, pero sabía que en él llegaría Míchel un día.

Una tarde, después de contemplar el desnudo de Matisse durante una hora entera, Julia se sorprendió al ver que una de sus úlceras sangrantes de la rodilla había desaparecido. Esta vez tuvo la sensación de que se había ido para siempre y no se reproduciría en otro lugar de su cuerpo. Estaba observándose las distintas laceraciones de las piernas cuando se acercó al porche Teófilo, el jardinero, para preguntarle una vez más si deseaba que vaciara la pileta.

—Déjela.

—Ya huele muy mal, señora. Son dos o tres años sin cambiar el agua. Vaya usted a saber lo que se habrá criado ahí dentro.

—Déjela, por favor. Tengo miedo.

—¿Miedo? Al revés, señora. El agua estancada puede traer alguna enfermedad.

El jardinero le volvió a preguntar por su salud y se puso a trasquilar los enebros. De pronto, con las tijeras abiertas e inmovilizadas en el aire, dijo:

—Señora, se me había olvidado decirle lo mejor, que desde la semana pasada tenemos un médico en casa. Mi hijo pequeño se acaba de licenciar, pero conociendo lo loco que está cualquiera se pone en sus manos.

—Enhorabuena, Teófilo —dijo Julia.

—Ahora tiene que volver a examinarse para trabajar en un hospital. Quieren poner una consulta entre varios amigos. A ver si lo consiguen. Todo está muy mal para los jóvenes. Imagínese.

En la última semana de octubre la convulsión en el alma de Julia no era comparable con la tormenta que se había desatado en torno a los negocios de Luis Bastos. La mujer había aceptado la muerte con toda dulzura; en cambio el marido no podía soportar la ruina. Su nombre salía casi a diario en la prensa o en los comentarios malévolos de las radios, pero nadie hacía referencia a su colección de pintura. El problema económico de sus empresas, aparte de la crisis mundial del petróleo, era debido precisamente a la locura del arte, que había descapitalizado sus negocios hasta el punto de que en casa tenía algunos miles de millones invertidos y para ese capricho había tenido que incumplir contratos y reconocer varios fallidos en los bancos. Su situación era de quiebra técnica, pero si sus acreedores hubieran sabido el caudal de arte que guardaba en las paredes y en el sótano de casa tal vez habrían aplazado la decisión de llevarlo a los tribunales.

Aunque por ese lado tampoco tenía una salida clara. Gran parte de esos cuadros y esculturas la compró con dinero negro. Si la hubiera dado en aval, tal vez Hacienda le habría hecho algunas preguntas desagradables. Pero existía algo más grave. La crisis del petróleo estaba hundiendo también el negocio del arte, paralizando sobre todo la frenética especulación que se produjo a finales de los años ochenta. Tal vez la compra del desnudo de Matisse fue la última que se había realizado bajo aquella furiosa pasión. Ahora muchas de aquellas obras no valían ni la mitad de lo que le costaron.

En Nueva York las subastas decidieron bajar los precios de salida y las galerías comenzaron a reconocer la falta de clientes. Míchel y Betina eran conscientes de esta caída, pero hasta ellos aún no habían llegado noticias del escándalo financiero de Luis Bastos. Cuando hablaban de sus amigos sólo hacían referencia a la enfermedad de Julia, y como se acercaba la fecha fatídica esperaban tener en cualquier momento un aviso urgente para salir hacia Madrid.

La terrible noticia se produjo cuando los dos asistían a una fiesta que daba el pintor español Álex Soler, en el lujoso apartamento de la Calle 59 con Madison, para celebrar la venta millonaria de unos cuadros a un tipo de Venezuela que no estaba enterado todavía de la crisis y al que el dinero le quemaba en las manos. En la reunión había gente de la colonia española en Nueva York, profesionales, periodistas, artistas y funcionarios del Instituto Cervantes. Cuando Betina se levantó a servirse otra copa oyó de pasada que uno de los corresponsales de un diario de Madrid hablaba del empresario Luis Bastos. Se detuvo un momento porque no daba crédito a lo que oía.

—¿Qué dices que le ha pasado a Luis? —preguntó Betina.

—Se ha pegado un tiro o se lo han pegado. No se sabe. ¿Le conocías?

—¿Pero qué estás diciendo?

—Sí, que el empresario Luis Bastos ha aparecido muerto. ¡No sería amigo tuyo! —exclamó el periodista.

Betina volvió consternada al sofá donde se estaba hablando de banalidades neoyorquinas. Cuando comenzó a contarle la tragedia, Míchel pensó que Julia finalmente había caído, que la historia había terminado. Puso su rostro entre las manos y así oyó que Betina le decía que no era Julia sino Luis quien había muerto. No se sabía más detalles.

—¿Habrá sido un suicidio?

—No creo —contestó Míchel.

—Podría ser una venganza —insistió Betina.

—No sé. Desde luego estaba metido en demasiados líos.

—Lo más seguro es que se haya quitado de en medio.

—Ningún coleccionista se suicida. Es un viejo principio. No creo que haya fallado esta vez —dijo el marchante.

Cuando llegó a su estudio de Prince Street en el teléfono parpadeaba la luz de los mensajes. Míchel pulsó el botón y sólo pudo oír unos sollozos mezclados con una frase entrecortada que no se entendía, aunque sin duda se reconocía la voz de Julia. En España aún no había amanecido, pero Míchel decidió llamarla. En la casa de La Moraleja no contestó nadie.

Míchel Vedrano llegó a Madrid tres días después y algunos periódicos hablaban todavía del caso del empresario Luis Bastos. El marchante ya sabía todos los detalles de la muerte, excepto la versión de Julia. Por lo que había leído, Luis Bastos recibió un tiro en la cabeza con un arma de coleccionista. Cuando llegó la policía junto al cadáver aún estaba colgada del gatillo una cartulina donde se podía leer: «Bellísimo revólver, sistema a broche, disparador plegable, fuego anular, profundos grabados florales en el tambor. Precio de salida: 100.000 pesetas». Ese revólver lo guardaba Luis en una vitrina del comedor desde que lo compró en una subasta. Ahora en el tambor había unas huellas dactilares que pertenecían a Julia y no las había borrado la sangre.

Durante su interrogatorio Julia le dijo al comisario que el disparo sonó a las seis de la tarde. En ese momento se encontraba sola en casa porque una de las criadas libraba y la otra había ido a echar una carta al correo. Estaba escuchando música en el porche cuando se oyó el tiro. Entró corriendo en el dormitorio, vio a Luis en el suelo en medio de un charco de sangre y de forma instintiva le quitó el revólver que tenía en la mano derecha. La investigación se complicó porque el cadáver presentaba el orificio de entrada por la sien izquierda. ¿Cómo puede dispararse uno a sí mismo a contramano?

La policía preguntó también a las criadas. Ninguna confesó las disputas violentas que hubo entre la pareja los últimos días. En efecto, el matrimonio discutía mucho, pero era siempre sobre cosas de arte, dijo una de ellas.

A pesar de que las huellas de Julia estaban en el revólver y de cierta contradicción en el testimonio de las sirvientas, desde el principio se tomó por buena la hipótesis del suicidio, dado el escándalo de la inmobiliaria y las dificultades económicas por las que estaba pasando el empresario. La sospecha sobre Julia se descartó en cuanto ella dijo que tenía una coartada irrebatible:

—A ver —aceptó el comisario.

—Lea este papel —dijo Julia ofreciéndole un sobre abierto.

—¿Es la carta de su marido al juez?

—No. Es la mía. Mi confesión.

—Esto es terrible, señora —comentó el comisario mientras leía el informe del doctor Brandon, del hospital Mount Sinai.

—Me voy a morir dentro de unos días. ¿No es suficiente coartada?

—Sin duda lo es, señora. ¿Por cierto, qué música escuchaba usted cuando sonó el disparo?

—Una balada de John Coltrane. ¿Lo conoce?

—No sé quién es.

—Incluso puedo describirle cómo era el crepúsculo esa tarde —añadió Julia.

—¿También colecciona usted puestas de sol? —preguntó el comisario.

—Sobre la sierra había unos nimbos muy rojos que proyectaban una luz entre azul y violeta con matices de malva hacia el fondo del horizonte. ¿Sirve esto para librarme de toda sospecha? —preguntó Julia con ironía.

—Supongo que sí. Aunque el arte puede deformar la sensibilidad de algunas personas. Si no recuerdo mal esta tarde yo llevaba paraguas porque estaba lloviendo —comentó de pasada el comisario.

—No es cierto. Recuérdelo bien —exclamó Julia—. La montaña tenía una luz morada y rosa dentro de la gama de un cuadro de Monet. ¿Conoce usted a Monet?

—No

—¿Tampoco a Matisse?

—Ése ya me suena más. He visto que tiene usted un cuadro en su dormitorio. Me he fijado en ese desnudo —comentó el comisario.

—Sólo por él se puede matar —dijo Julia.

Hacía varios días que el cadáver del coleccionista, después de pasar el examen del forense, había sido incinerado. Luego se celebró el funeral en una iglesia del barrio de Salamanca y entre familiares, allegados y amigos

incondicionales no llegaban a la cuarta parte de
cuantos asistieron a la fiesta de presentación
de la cabeza de Picasso. Estaba Betina, el profesor de yoga, el jardinero Teófilo con su hijo
médico, las dos criadas marroquíes y algunos
empleados que le fueron fieles hasta el final.
También apareció luciendo barba de bohemio
Alvarito Ayuso, que, llevado por el corazón, le
había concedido el último crédito al muerto,
y ésa fue la gota que colmó el vaso, por eso lo
acabarían echando del banco. Al lado de Julia
permanecía Míchel de pie en la primera línea
del duelo. No acudieron a la iglesia los artistas, políticos, financieros y críticos de arte que le
acompañaban en los días de gloria. En la última fila estaban unos chamarileros que había
traído su viejo colega el marchante, y en la pila
del agua bendita Beppo apoyaba sus huesos con
la misma postura que exhibía en la barra de la
taberna Gayango.

Terminadas las exequias el duelo salió
de la iglesia en dirección a la primera cafetería
que encontró Míchel con capacidad para que
todos tomaran cómodamente un chocolate.
Desde su llegada a Madrid la viuda del empresario no se había intercambiado con Míchel ningún mensaje salvo algunas miradas de complicidad durante el funeral, pero ahora se habían
sentado juntos en la cafetería y mientras los de-

más hablaban de lo rico que estaba el chocolate Julia le dijo a su amigo en tono confidencial:

—Luis quería vender los cuadros para pagar deudas.

—Ya imagino —comentó Míchel.

—No se podía consentir. Comprendo que estaba desesperado, pero sucedió lo inevitable —murmuró Julia muy entera.

—Hoy esos cuadros valen una fortuna. Mantenlos en secreto.

—¿Está tan mal el mercado como dicen? —preguntó Julia.

—No importa. Guárdalos bajo llave. Que no se entere nadie. El mercado nunca está mal para las grandes piezas. Siempre hay millonarios locos o enamorados —dijo Míchel.

—No había forma de que Luis comprendiera una cosa tan simple.

—Qué cosa.

—Que yo estaba dispuesta a todo con tal de que ese Matisse no desapareciera de mi vida.

—¿Cómo llevas la salud?

—Desde que sé que ese desnudo es mío me siento con más fuerzas que nunca. No me encontraba así desde hace años.

—Tendrás que contarme qué pasó aquella tarde mientras sonaba el saxo de John Coltrane.

—Algún día, algún día —murmuró Julia.

Esta conversación la llevaron a cabo los amantes a media voz dentro de un estruendo de tazas y cucharillas, pero mientras los demás tomaban chocolate en un círculo que abarcaba tres mesas, Beppo bebía vino y observaba atentamente a Julia. De pronto se levantó, se acercó a ella y le dijo:

—Tienes que vestirte de putita si quieres parecerte a ella.

—¿Cómo? —se sorprendió Julia.

—Vedrano me ha dicho que tienes uno de esos bocetos de Matisse.

—Sí.

—Me gustaría verlo.

—Venga a casa cuando quiera. Mañana.

—Estarías muy bien si vistieras con encajes y usaras ligueros rojos y te pusieras flores en el pelo —añadió Beppo haciendo un mohín con su gran mandíbula.

Alrededor del chocolate se produjeron otras grandes noticias después del funeral. Alvarito Ayuso insinuó a Betina que las hamburguesas de Nueva York la habían engordado mucho y ella contestó que no eran las hamburguesas ni la comida basura sino su novio Nelson, que la había preñado. Nadie la tomó en serio. Betina tampoco quiso sacar de dudas a Alvarito cuando éste le preguntó si ya lo sabía su padre y si su novio iba a heredar el puesto de consejero en el banco. Y por otro lado estaba el hijo de Teófilo, el jardinero, un joven de veintidós años, que acababa de encontrar el primer trabajo de médico en un laboratorio de análisis clínicos donde iba a hacer una sustitución a un colega que se había ido a un congreso. Lo habían contratado de prueba para un mes. Después de una agobiante insistencia de Teófilo y sólo para complacerle, Julia había consentido en dar una oportunidad al muchacho sometiéndose a unos análisis de orina y de sangre, muestras que el recién licenciado le tomó en casa. Frente a la taza de chocolate el joven doctor le dijo que esperaba tener los resultados mañana. Él mismo se los llevaría a La Moraleja. Y al final de la sesión de chocolate algunos allegados quedaron en reunirse en la mansión de Julia para que Beppo pudiera ver el dibujo de Matisse.

—Sí, es ella —sentenció Beppo ante el dibujo—. Le sienta muy bien esta luz. Las tardes de octubre en Madrid son divinas.

—¿La recuerdas todavía? —preguntó Míchel.

—Es Antoinette, sin duda alguna. Este mismo dibujo estuvo clavado en el armario de nuestro estudio en París. Pasó la Guerra Mundial en nuestra buhardilla. ¿Veis? Todavía se nota la señal de las chinchetas. Era una putita.

Antes de salir del dormitorio Julia señaló un punto en el suelo y dijo:

—Fue aquí.

—Olvídalo —exclamó Míchel.

—¿Aquí cayó tu marido? —preguntó Beppo.

—Al pie de este mueble se quedó con los ojos abiertos mirando hacia el cuadro. Nunca más podré dormir en esta habitación. He trasladado mis cosas al cuarto de invitados.

Cuando salieron al porche otros amigos seguían sentados frente a unas bebidas contemplando la puesta de sol. Había un color violeta intenso sobre el perfil de la sierra, con esa tonalidad que utilizan los pintores para expresar una sombra melancólica. En ese momento se detuvo una moto ante la cancela y en seguida sonó la campanilla. Era Adrián, el hijo del jardinero.

—Aquí está. Mi primer trabajo como médico —dijo mientras se acercaba a la reunión mostrando un sobre.

—Otra vez los jodidos análisis —pensó Míchel.

—Dámelos —dijo Julia.

—El informe lo he escrito yo después de consultar con un colega.

—Pero, muchacho, ¿tú sabes algo de medicina? —preguntó Julia.

—Han salido bien. Todo normal. Según la opinión de mi compañero resulta que has tenido un desorden en la sangre, pero todos los índices de hematíes, plaquetas y leucocitos están ya en regla.

—¿Quién es ese médico amigo tuyo? —preguntaron a la vez Julia, Míchel y Betina.

—Es un chico pakistaní muy majo que está también de prácticas en el laboratorio.

Julia se quedó con la mirada perdida en el horizonte. La luz de otoño era muy lívida. Todos los que estaban en el secreto bebieron en silencio. Beppo miraba a Julia. El profesor de yoga también la miraba. Cuando Julia volvió en sí, sonrió a todos y en seguida llamó al jardinero.

—Teófilo, creo que es el momento de vaciar el estanque.

—Ya era hora, señora.

—¿Estás segura de que quieres hacerlo? —preguntó Carlos Alberto Pimentel.

—Sí.

El jardinero conectó una pequeña bomba de achique y al instante se vio bajar el nivel del agua podrida que iba descubriendo los tallos de los nenúfares. Todo el detritus salía por la boca de una manguera en el fondo del jardín. Cuando la pileta se agotó, algunas arañas quedaron desamparadas y buscaron refugio entre las grietas de la rocalla. Julia estaba de pie ensimismada observando el trabajo. Esperaba que de un momento a otro brillara el anillo entre las raíces acuáticas, pero eso no sucedió. Julia insistió en que la poceta debía quedar absolutamente limpia para examinar cada entresijo antes de verter agua nueva.

—¿Busca algo en especial? —preguntó el jardinero.

—Hace años se me cayó aquí dentro un anillo de oro y brillantes —dijo Julia.

—Ese material no se descompone. Si aquí estaba, aquí seguirá.

Todo el estanque fue analizado en cada centímetro cuadrado, todo el detritus fue filtrado meticulosamente, todas las hojas y tallos de los nenúfares fueron repasados por el jardinero con las manos. El anillo no apareció. Los invitados rodearon el estanque.

—No quiero ponerme trascendente —dijo el profesor de yoga.

—Suéltalo —pidió Míchel.

—Tal vez ese anillo con la cobra sólo existía en la imaginación de Julia y finalmente lo ha interiorizado. Ahora el diamante es ella misma —explicó Carlos Alberto Pimentel.

—Eso son idioteces de psicólogos —rezongó Beppo.

—¿Cómo pudo desaparecer esa joya si nadie la ha tocado? —preguntó Betina.

—No sé qué pensar —murmuró Julia—. Durante años esa cobra me ha dado fortaleza. Será que ya no la necesito.

—¿Puedo echar ya agua nueva? —preguntó Teófilo con la manguera en la mano.

—Sí —dijo Julia.

Cuando esa noche Míchel Vedrano y Julia quedaron a solas en la casa se dedicaron a beber con parsimonia y a recordar todo lo que había pasado desde que se conocieron. Cada cuadro colgado en el salón les recordaba un episodio común en sus vidas y tal vez no había un nudo más fuerte. Algunas obras estaban ligadas al simple interés, otras les transmitían sentimientos de amor, una memoria de placer o la angustia de la muerte. Julia había crecido por dentro a medida que el arte se le fue revelando y ya no podía entender nada del mundo sin esa emoción de la belleza.

—¿Dónde está? —preguntó Míchel.

—La he trasladado a la habitación de invitados —contestó Julia.

—¿Has quitado el *Descendimiento de la Cruz* de Van der Weyden?

—Sí.

—Quiero verla.

La pareja de amantes entró en el cuarto que tenía un gran espejo en el techo. Olía a cerrado. Dentro del volumen cálido que creaba la lámpara rosa, la novia de Matisse apareció mirándoles desde la pared y ellos se sentaron en el borde de la cama y le devolvieron la mirada con el vaso de whisky en la mano.

—Ésta no es una virgen que llore, como la de Van der Weyden —comentó Míchel.

—Esta virgen está desnuda y parece muy feliz —dijo Julia.

—¿Y tú cómo estás?

—Bien.

Dejaron los vasos en el suelo y se tumbaron en el lecho real. En la penumbra rosa del cuarto de invitados la sombra de sus cuerpos desnudos se reflejaba en la luna del techo. En el juego de su amor en el mismo espejo también intervenía el desnudo de Antoinette que se movía con el mismo oleaje. Julia tenía los ojos muy brillantes.

Denia, 13 de septiembre de 2000

Este libro
se terminó de imprimir
en los Talleres Gráficos
de Mateu Cromo, S. A.
Pinto, Madrid (España)
en el mes de enero de 2001